図書館司書と不死の猫

リン・トラス

愛妻を亡くし、ケンブリッジの図書館を定年退職したばかりのわたしに届いた、不思議な猫についてのメール。なぜか人の言葉をしゃべるその猫は、死ぬたびに生き返る数奇な半生を送ってきたらしい。おまけに猫の飼い主は行方不明になっていて――。本を愛し、へらず口をたたき、永遠の命を生きる猫。その周囲で起こる不可解な事件。メールに綴《つづ》られた出来事は現実か、創作か。わたしは好奇心をくすぐられて調査に乗り出すが、その先には意外な展開が待ち受けていた。元・図書館司書と謎に包まれた猫が織りなす、ブラックで奇妙で、なのに心躍る物語。

図書館司書と不死の猫

リン・トラス
玉木　亨訳

創元推理文庫

CAT OUT OF HELL

by

Lynne Truss

目次

第一部　海辺　九
第二部　自宅　九七
第三部　通信　一五九
第四部　ドーセット　二一五
著者からの注釈　二七三
訳者あとがき　二八三
解説　金原瑞人　二八九

図書館司書と不死の猫

まっとうなホラーを愛するジェマへ
謝罪の念をこめて

第一部　海辺

これからご紹介するのは、すべて実際に起きた出来事である。わたしがそれについて知ったのは、つい最近、この一月に北ノーフォークの海辺で休暇をすごしていたときのことだった。わたしは静寂と平穏を求めてコテージを借りており、そのすぐそばには、わが愛犬（茶色い小型犬）が安全に走りまわることのできるひと気のない浜辺があった。わたしはすこしまえに愛妻を亡くすという不幸に見舞われたばかりだったので、場所は慎重にえらんだ。そして、人里はなれた海岸というのは、まさにこちらの要求にぴたりと合致していた。わたしはいきなり感情を制御できなくなることがあり、誰にも心配をかけたり気まずい思いをさせたりしたくなかったのである。一、二週間ほど、わたしはそこでひとり満足なときをすごした。暖炉に火をおこし、簡単な食事を用意し、犬がしあわせそうに遠くの波打ち際で円を描いて駆けまわるのをながめ、そうせずにいられないときには人目をはばかることなく自由に涙した。

だが、わたしはあることを忘れていた。いずれ自分には脳を刺激してくれるものが必要になるということを。秋学期の終わりにケンブリッジの図書館を退職したとき、わたしには心残りがほとんどなかった。しばらくまえから仕事は機械的にこなすだけのものとなっており、それを懐かしむことはなさそうに思えた。休暇の荷造りをしたとき、わたしはノートパソコンをもっていくかどうかで悩んだのを覚えている。いま考えると、不思議な気がする。もしもあのときノートパソコンを荷物に入れていなければ、以下の出来事がこうして語られることはなかったかもしれない。だが、わたしはノートパソコンを荷物にふくめた。そして、風が煙突のなかで唸《うな》りをあげていたある嵐の晩、なにか頭を使うひまつぶしが欲しくてたまらなくなり、年の瀬にいきなりEメールで送られてきたフォルダのことを思いだした。送り主はほとんど面識のない図書館の利用者で、〈ロジャー〉という漠然としたタイトルがつけられたフォルダには、文書やそれ以外の形式のファイルがおさめられていた。わたしは感謝の念とともにフォルダをひらき、それから数時間、その中身にすっかり心を奪われていた。困惑と疑念と苛立ちにくわえて、信じられないという思いさえ抱いた。そこで語られていた事柄は、荒唐無稽《こうとうむけい》とまではいわないにしても、突拍子もなかった。だが、つづく数日間、内容をくわしく吟味《ぎんみ》していくうちに、わたしはしだいにそれらの出来事が真実であると考えるようになった。残念なことに、それを確信へと変えさせる決め手となったのは、〝ウィギー〟という名前でファイルに登場してくる男の眩暈《めまい》のするような愚かしさだった（出来事の大半はこの男の目をとおして語られるが、彼には理解力というものが情けないほど不足していた）。わたしの妻ならば、こういっていただろう（いまも、その声が聞こえるようだ）――こんな人物を想像で生みだすなんて、不可能よ。

当然のことながら、わたしはこれらのファイルを送ってきた人物――ウィンタートン博士――の動機について、何度か思いをめぐらせた。だが、彼と連絡をとることができなかったため（コテージにはＷｉ－Ｆｉがなかった）、わたしはもっともありそうな説明で我慢するしかなかった。すなわち、ウィンタートン博士はわたしが人里はなれた海辺のコテージを借りたことをどこかで聞きつけ、自分の手もとにあるファイルの出来事も似たような場所で起きたのを知っていたので、それをわたしに送りつけた……。わたしはくり返しこの人物の顔を思いだそうとしたが、まぶたに浮かぶのは、ぼんやりとした印象だけだった。乱杭歯《らんぐいば》。無精ひげの生えたくぼんだ頬《ほお》。それに、もしかすると（奇妙な話だが）丁子《クローヴ》の匂い。以前ならば、もちろんメアリーにたずねていただろう。亡き妻はこの二十年間、図書館でわたしの同僚だったのだ。非常勤とはいえ、彼女は図書館の利用者によく注意をはらっており、その熱心さは、ときとしてこちらが困惑するほどだった。彼女は折にふれて利用者のことを夕食の席で話題にしようとしたが、わたしが誰ひとりとして覚えていないので、いつも面白がりながらもあきれていた。一度、彼女が〝ウィンタートン〟という名前を口にするのを耳にしたことがあるような気がする。とはいえ、ふたりがどのような知りあいであったのかがわたしの記憶から完全に抜け落ちていると知っても、メアリーは驚かないはずだ。彼女は何年も大閲覧室の個別閲覧机の割りふりを担当していたので、それ絡《がら》みだったのかもしれない。わが愛しの妻は、この世でもっとも実務的で良識のある素晴らしい女性だった。彼女ならば絶対に、この簡素なコテージを借りようとはしなかっただろう！　ひと目見てさまざまな不備に気づき、それを指摘していたにちがいない。だが、わたしたちの愛犬がひと気のない浜辺をしあわせいっぱいに駆けまわるのを見たら、きっと心の底から喜んで笑っていたのではないか。わたしは犬がそうするたびに、妻を亡くした喪失感をもっとも痛切に感じる。

熟考の末、わたしはこれらのファイルを自分がひらいていったとおりの順番で紹介していくことにした。ロジャーとは何者なのか？　まあ、それはおいおいわかることだ。このやり方が混乱を招かないことを願うのみだ。また、わたしはできるだけ原本に私見をさしはさまずにおくことにした。ただ、はじめに以下のことをはっきりさせておきたい。文書ファイルの文章は――あまり意味のない馬鹿げた脚本もふくめて――すべて自称〝ウィギー〟なる男の手によるものである。一方、画像ファイルの写真の説明、および音声ファイルの文字起こしについては、その文責をわたしが負っている。

〈ロジャー〉フォルダの中身

文書ファイル

ロジャー　メモ（１１９ＫＢ）
ロジャー　考察（６６ＫＢ）
あれやこれや（３３ＫＢ）
ロジャー　夢（４０ＫＢ）

画像ファイル（ＪＰＥＧ）

ＤＳＣ００５４６（２ＭＢ）
ＤＳＣ０００２１（１・６ＭＢ）
ＤＳＣ００７６８（３・８ＭＢ）

ファイナル・ドラフト（脚本／台本作成ソフト）のファイル

ロジャー　脚本１（２５ＫＢ）
ロジャー　脚本２（１８ＫＢ）

音声ファイル

１（４８・７ＭＢ）
２（６４ＭＢ）

ロジャー　脚本1
（ウィギー）

海辺のコテージのキッチン。風の強い晩。おー、こわっ！　がたがたいう窓。沸騰《ふっとう》したばかりのやかんからたちのぼる湯気。気づまりな雰囲気。それがそのまま音楽に反映されている。黄色い光のなかに浮かびあがるキッチンのテーブル。その上にはぴかぴかのデジタル録音機がある。テーブルを挟んでむかいあうウィギーとロジャー。どちらの背景も闇に沈んでいる。

録音機のクローズアップ――録音中だ。

壁掛け時計のクローズアップ――時刻は十一時四十五分。窓のクローズアップ――外は漆黒《しっこく》の闇だ。

ウィギーが身震いする。三十代なかばのハンサムな男。魅力的で真面目そうな感じ。ロジャーは相手をみつめ、黙って息をしている。音楽は心臓の鼓動を連想させるものになっている。ウィギーが先に口をひらく。

ウィギー　はじめてもいいかな？

ロジャー　お好きなときに。
ウィギー　なにか出そうか？
ロジャー　たとえば？
ウィギー　水とか。
ロジャー　けっこう。
ウィギー　ご褒美のおやつは？
ロジャー　（むっとして）
いらない。
ウィギー　（場をなごませようとして）

皿にいれたミルクは？
（笑う）
細ひもは？

ロジャーは不愉快そうな顔で相手を見る。いうまでもなく、ロジャーは猫だ。実際のところ、そのことはたぶん最初にいっておくべきだったのだろう。（覚え書き＝あとで冒頭部分に戻って、なんとかすること。ロジャーは猫。さもないと――ロジャーがしゃべる猫であることをはっきりさせておかないと――この場面の興《きょう》がいくらか削《そ》がれてしまうかもしれない）

ウィギー　（決まり悪そうに）
すまない。

ウィギーは話をうながすかのように笑みを浮かべてみせるが、ロジャーは無表情なまま。彼は猫であるだけでなく、控えめにいってもクソ野郎だ。（覚え書き＝物語をこの場面ではじめるのは正しいのだろうか？　もちろん、そうに決まっている。いや、ちがうのかも。ああ、もうわからない）

ロジャー　確認してもかまわないかな？　きみはこの会話を脚本のような形で文字起こしするつもりではないだろうね？　つまり、脚本化をもくろんではいない？

ウィギー　（嘘をついて）もちろん。どうしてだい？

ロジャー　わたしがすでにきみの書いたほかの脚本に目をとおしていることを、忘れないでもらいたい。きみはよくジョーにそれを送ってきていた。わたしたちは大笑いしたものだ。きみは、だらだらとしてとりとめのないト書きを書く。

ウィギーは超人的な力を発揮して、その批評を受け流す。それにしても、あんまりだ。

ウィギー　それで、ロジャー。あんたはいま、ここにいる。

ロジャー　（退屈して、あまり注意をはらっていない）ああ。

ウィギー　しゃべる猫！

自分へのメモ——その点を冒頭ではっきりさせるのを忘れないこと。

ロジャー　ああ。

ウィギー　よかったら話してもらえないかな——

（無理からぬことだが、ここでためらう）

——そのことについて？

ロジャーは別のことを考えている。ロジャーのクローズアップ。

ロジャー　（思いにふけりながら）

ダニエル・クレイグなんて、どうだろう？

誰も信じないだろうけど、ほんとうに彼はそういったのだ。

ウィギー　（困惑して）どういう意味かな？　ダニエル・クレイグはどうかって？　彼には会ったことすらない。

ロジャー　これが映画になったときの話だ。

ウィギー　え？

ロジャー　きみはときどきひどく鈍《にぶ》くなることがあるな、ウィギー。映画のなかのわたしの声をダニエル・クレイグにやってもらってはどうか、といっているんだ。もしも映画になるようなことがあればの話だが。

ウィギー　ほんとうに、そんなことはこれっぽっちも考えては――

ロジャー　（途中でさえぎって）彼はとても抑えた演技をする。

ウィギー　ああ、たしかに。それで有名だ。

ロジャー　階級を超越している。そこがいい。

ウィギー　なるほど。

会話はまさに、一言一句このとおりおこなわれた。

ロジャー　男らしい。

ウィギー　それはもう。

ロジャー　感情を表にださない。

ウィギー　ああ。でも――

ロジャー　彼なら完璧だろう。

ウィギー　(笑う)

ただし、ロジャー、あんたの声はまったくダニエル・クレイグに似ていない。ヴィンセント・プライスにそっくりだ！

ロジャーがテーブルから飛び降り、板石の床に軽やかに着地する。尻尾をぴんと立てている。まさにプリマドンナだ。彼はどんなことであれ、ウィギーに決め台詞をいわれるのが我慢ならないのだ。

ウィギー　(呼びかける)

ロジャー！　すねるなよ。

ロジャーはふり返り、大きな声で——そして、ものすごくわざとらしく——ミャーオと鳴いてみせる。

ウィギー　あんたの声は最高だよ、ロジャー！

ロジャーは猫用の出入り口をとおってキッチンを出ていく。音楽は最高潮にたっする。ウイギーはため息をつき、録音機のスイッチを切る。窓ががたがたいう。

外では、庭の門が軋《きし》り、風にあおられてばたんと閉じる。そのむこうからは海鳴りが聞こえている。

自分へのメモ――この場面を書き直すこと。まだ改善の余地ありだ。猫がしゃべるというのがきわめて特異なことであるのを、忘れないようにしないと。それに慣れきってしまうと、よくわからなくなってしまうのだ。とはいえ、体裁はとてもプロっぽい。とりあえず、その点では有望だ。

画像ファイル（JPEG）DSC00546

写真には、これといった特徴のないごくふつうの猫が写っている。白と縞《しま》の混合柄だ。顔と胸は白。肢《あし》も白。背中と尻尾と耳は縞模様。体格はやや大きめで、無害そうに見える。猫がいるのは背の高い女性の腕のなかだ。とても魅力的な女性で、薄汚れた画家の仕事着を着て、笑みを浮かべている。潮風に吹きあげられた長い茶色の髪。足もとには、舌をたらした可愛らしい小さな茶色いテリアがいる。背景は、燧石《すいせき》と煉瓦《れんが》でできたコテージだ。戸口の上に、〈砂利コテージ〉という屋号が見えている。

ロジャー（ウィギー）考察

　どこからはじめようか？　トンデモないところから？　それとも、ジョーから？　まあ、ジョーからかな。いや、考えるまでもなく、ジョーからだ。なにせ、ジョーがいまどこにいるのか、まったくわかっていないのだから。人がただ消えてしまうなんて、ありえない！　そのとき、ぼくはコヴェントリーのベルグラード劇場にいて――そう、木曜日の午後四時ごろだ――舞台の上では喜劇《かれらが走るのを見てごらん》の昼公演がちょうど後半部にさしかかっていた。「あなたに電話よ」と誰かが声をかけてきた。舞台監督助手のアリスだった。その電話に出る必要はなかったけれど、ぼくは出た。そうしておいて、よかった。かけてきたのはジョーで、声がすこしおかしかった。「ウィギー」彼女はいった。「ウィギー、お願いだから、こっちにきて。ロジャーのことなの。彼の面倒を見るのに手を貸してちょうだい」そういった内容のことで、よくは覚えていない。まあ、こっちはすこし気をとられていたから！　芝居は、折しもジェフが「巡査部長、ここにいる教区牧師たちをあらかた逮捕したまえ！」という台詞を口にするところで、そちらに集中する必要があったのだ。それなのに姉貴ときたら、仕事場に電話してきて、猫の面倒を見る話をしろっていうのか？　「ジョー、あとでかけ直すよ」ぼくはそういって電話をアリスに返すと、フランス窓から舞台に出ていった。いわせてもらうならば、ぎりぎりのタイミングだった。

とにかく、幕がおりたあとで、ぼくはきちんとした大人らしくジョーのコテージに電話した。でも、誰も出なかった。何度かけても、留守番電話につながった。携帯電話のほうも同様だった。ぼくはいくつかメッセージを残しておいた。「孤児《オーフリング》二号より孤児《オーフリング》一号へ」それが、ぼくらの暗号名だった――そう、ぼくがまだ学校にかよっていたころに母さんが亡くなって、ジョーとふたりきりになってからの暗号名だ（もちろん、ジョーが孤児《オーフリング》一号で、ぼくが孤児《オーフリング》二号）。でも、ジョーからはなんの連絡もなかった。あとで聞いた話では、アリスはジョーの電話を受けたときに、どんな問題がもちあがったのかをたずねてみたらしい（ふたりは、この芝居のワージング公演のときに顔をあわせていた。ワージングにほどちかいコテージで暮らすジョーが、律儀にも弟の舞台を観にきてくれたのだ）。ところが、劇場を包みこむ大爆笑のせいで、アリスにはなにひとつはっきりとしたことが聞きとれなかった。喜ばしいことに、その笑いの一部は不肖わたくしめによるものだった。『コヴェントリー・ビューグル』の劇評にはなんと書かれていたかって？　よくぞ訊いてくれました。たしか、こうだった――〝ウィル・ケイトン－パインズは夫のライオネルという割の悪い役をかなりの説得力をもって演じることに成功している〟。

それはさておき、話をジョーに戻そう。つづく二日間、ぼくは姉貴に電話をかけつづけた。週の終わりには、とりあえず車でここまでやってきた。孤児《オーフリング》はおたがい助けあわなくてはならないし、どのみち舞台公演は終了していたからだ。そしてもちろん、そこにはジョーの姿はどこにもなかった。あの頭のいかれた犬のジェレミーさえ――こいつはいつも、ぼくを見ると大喜びしてくれる――影も形もなかった。ぼくはいま〝もちろん〟といったけれど、もちろん、これは〝もちろん〟でかたづけられるような問題じゃない！　ジョーはいったい、いったいどこにいるんだ？　あのしけた村から車でぬかるんだ小道をやってきたときから、ひどくおかしなことだらけだった。ジョーの車は、家のむかいのじめついた草地にとめられていた。大きな門は開けっ放しだった。裏口は施錠されておらず、ハンドバッグは玄関に残されていた。ジェレミーの首輪と紐は、ジョーがふだんお隣さんの予備の鍵をかけておく釘《くぎ》のならびの釘にぶらさがっていた。携帯電話はキッチンの充電器に挿しこまれていて、暖房はついたままだった。黒板には、〝やること〟リストが書きつらねられていた――やること、買うもの、対処すること。ジョーはついさっきまでコテージにいたような感じがした。ぼくがここにきてもう四日がたつが、いまでもそんな感じがする。こうしてこれを書く以外、ぼくはなにをしたらいいのかわからない。

きのう、ぼくは警察に電話した。すると、ダガン巡査部長という刑事がやってきて、ぼくに事情聴取をした。ぼくは家を案内してまわった。物置、アトリエ、過去に密輸に使われていたという小さな地下室などなど。浜辺につれていって、リトルハンプトンまでつづく美しい海岸線を見せたりもした。お隣さんも訪ねてみたけれど、そこに住む男性はフランスを生活の拠点にしていて、いつも留守だった。ジョーはここに越してきてから、一度しか彼に会ったことがなかった。彼のコテージとジョーのコテージはかつて一軒の家だったことを、ぼくは巡査部長に説明した。建てられたのは一七五〇年ごろで、一九三〇年代には、お隣によく作曲家のアイヴァー・ノヴェロが訪ねてきていたという。そこにミュージカル界の舞台のスターが住んでいたからだ。その話をするとき、ぼくはパーティとかそういったことを、すこしぺらぺらとしゃべりすぎていたのだろう。口を閉じておけばよかった！　警官が書く手を止めたら、それはいつだってこちらが〝情報供給過多〟になっているしるしだ。なかでも、彼にむかっておどけた口調で、いままで誰かから「巡査部長、ここにいる教区牧師たちをあらかた逮捕したまえ！」といわれたことはあるかとたずねたのは、大きな間違いだった。彼はきょとんとした顔をしていた。

ぼくは、ジョーから劇場に電話があって、「猫の面倒を見てくれ」といわれたことを話した。それを聞くと、ダガン巡査部長はすごく機嫌が悪くなった。というのも、その言葉はジョーが出かけるつもりでいたことを示唆《しさ》していたからだ。でも、ジョーはどこにも出かけてなんかいない。印象としては——このことはダガン巡査部長には黙っていたけれど——あくまでも印象としては、姉貴は異星人に拉致《らち》されたような感じがする。それに、それが起きたのはこの半時間以内だという感じも。いまにもジェレミーがなでてもらおうと駆け寄ってきそうな気がする。椅子に腰をおろすと、その座席がまだ温かいような気が。そして、ときどき実際に温かいことがあって、こちらはぎょっとさせられている。ぼくがやってくるのを聞きつけるまで、ロジャーがそこにすわっていたせいだ。ロジャー。こいつはほんとうにへそ曲がりな猫だ。ぼくがここにきてから、暖炉のある壁ではずっとかりかりという音がつづいている。そんな音がしてたら、ふつう猫は興味津々で調べようとするだろう。ところが、こいつときたら、この不審な音の発生源から五、六十センチしか離れていないジョーの肘掛け椅子に平然と寝そべって、尻尾をゆらゆらとふりながら、音を完全に無視しているのだ。

ジョーの携帯電話を調べさせてもらえないかと巡査部長にいわれたので――たしかに、そいつは名案だった――ぼくは承諾した。ところが、まだ充電器に挿しこまれたままだった携帯電話は、なんというか、お陀仏になっていることがわかった。巡査部長はそれを手にとるなり、「うへっ!」と声をあげて、それを落とした(どこもかしこもべたべたしている、と彼はいった)。とにかく、そいつをワージングにもっていって、〝SIMカード〟から情報をとりだせるかどうかやってみたほうがいい(ああ、こういった話はすごい苦手だ)、と勧められたので、ぼくは巡査部長に手伝ってもらって、ゴム手袋をはめた手で携帯電話をビニール袋にいれた。

この点は認めざるをえないけれど、巡査部長はぼくよりもはるかに鋭い観察眼をもっていた。たぶん、訓練の賜物《たまもの》だろう。二階にあるジョーのアトリエで、彼は描きかけのロジャーの水彩画と、床じゅうに散らばるたくさんの下絵を見つけた(ぼくはまったく気づいていなかった)。それに、彼は窓ぎわの冷めた紅茶のマグカップの隣にあった双眼鏡とノートについても質問してきた。ノートには時刻が書きこまれていた。〝火曜日 一〇:〇五 お隣の庭 一部のみ〟といった具合に。ジョーがバードウォッチャーだというのは、ぼくにとっては初耳だった。とはいえ、アトリエには大きな窓があるから、鳥を観察するにはもってこいだろう。窓からは、英仏海峡とその先の水平線まで見渡すことができた。

最近ジョーの生活に大きな変化はあったか、とぼくは巡査部長から訊かれた。そこで、「うーん、そうだな、ロジャーがいる」とこたえると、彼はまたしてもすごく機嫌が悪くなった。このときまで、ロジャーのことをなにも聞かされていなかったからだ。巡査部長はその名前を書きとめると、丸で囲み、苗字をたずねてきた。そこでようやく、ぼくは相手がロジャーをジョーの恋人もしくは殺人の容疑者とみなしていることに気がついた。だから急いで、ロジャーが猫であることを説明した。巡査部長が名前を線で消したので、それ以上はつづけなかったけれど、ロジャーがジョーのもとにきたのは、わずか数カ月前のことだった。そのころチェルシー芸術クラブの古い友人マイクルがリンカーンシャーの自宅で階段から転げ落ちて亡くなり、ジョーがそこからロジャーをひきとったのだ。これまた巡査部長にはいいそびれたけれど、ロジャーはすでにここで、すっかりわが物顔にふるまうようになっている。ぼくがジョーを心配して車でコテージにやってきたとき、やつは外の小道にすわっていた。そして、車に気がつくと、ただ立ちあがって伸びをしてから、すたすたと家にはいっていったのだ。

さあ、ここからがいよいよトンデモないところだ。じゃじゃーん。そう、まさにトンデモないの最上級だ。それを文字にすること自体、やめておいたほうがいいのかもしれない。でも、まあいいか。きのうの晩、ぼくはキッチンのテーブルのまえにすわって、ジョーが大量に買いこんでいた安物のロゼを飲んでいた。こいつはとけたアイスキャンディーを飲むようなもので、反吐《へど》が出そうになるけれど、こっちは切羽詰まっていたのだ。ロジャーは裏口のドアを爪でひっかいて、あけてくれとせがんでいた。たぶん、ぼくはすこしぼうっとしていたんだろう。なにしろ、ジョーの居場所がわからなくて、心配でたまらなかったんだから！　ぼくはずっと電話をかけつづけていて、心当たりのある人全員と連絡をとっていた。ジョーのコンピュータと日記も調べてみた。そんなことをするのはほんとうに最低ですごく間違っている気がしたけれど、やらなきゃしょうがないだろう？　本人がどこにもいないんだから！　あと、もちろん警察には黙っていたけれど、ぼくは証拠となる焼け焦げの痕を求めて、このあたり一帯の草地もすべて確認していた。なぜって、ぼくにいわせれば、ジョーが異星人に拉致されたというのは、日に日にいちばん説得力のある仮説となりつつあったからだ。というわけで、ぼくはさっきもいったとおり、とにかくロジャーを無視していた。そして、ロジャーはドアのまえで「ミャーオ、ミャーオ、ミャーオ」と鳴きつづけていた。

もしかすると、これはぼくの想像だったのかもしれない。やっぱり、現実ではなかったのかも。とにかく、起きたのはこういうことだ。ロジャーはいきなりテーブルに飛びのると、ぼくの目のまえにすわった。そして、片方の前肢をグラスにのせ、はっきりとこういった。「レット・ミー・アウト（出してくれ）」ぼくはロジャーを見た。頭のなかがちくちくしていた。それから、彼の前肢を見た。それはグラスにのったままだった。ぼくらは十秒ほどみつめあっていた。やがて、ロジャーは床に飛び降りると、ふたたび裏口のドアを爪でひっかきながら、声をあげた。「ミャーオ、レッ・ミャーオ、ミャーオ、ミャーオ、

レット・ミー・アウト」

音声1

「よかったらはじめてくれ」とウィギーがいう。いかにも上流階級っぽいしゃべり方。なぜかわたしは意表をつかれるが、もちろん、彼は上流階級に決まっている。おそらく、軽率で無責任なタイプの男なのだろう。なにせ、地方の劇場でくだらない笑劇に出演している俳優なのだから。いい学校の出身で、きっと髪の毛はくしゃくしゃっとしているにちがいない。週末の服装は芥子色《からしいろ》のコーデュロイだ。内在的証拠から見て、この音声が録音されたのは、ウィギーがロジャーにかんする最初の〝考察〟とやらをおこなってから、すくなくとも一週間はたったころと思われる。だが、それもふくめて、資料には日にちがいっさい記録されていない。ファイルの保存データはすべてウィンタートン博士からEメールで送られてきた十二月の日付になっていて、なんの役にも立たない。わたしは機会がありしだい、コヴェントリーのベルグラード劇場で最後にいつ《かれらが走るのを見てごらん》が上演されたのかを調べてみるつもりだ。これまでのところ、手がかりといえばそれくらいしかない。

録音の音質は、あまり良くない。ときおり背景音がかぶさってくる。突然の音に録音機が反応して——たとえば、ウィギーが咳きこんだりして（もちろん、彼は喫煙者だ！）——ロジャーの言葉が一時的によく聞きとれなくなることもある。おまけに、ロジャーの発音にはときおり「ミャーオ」という鳴き声がまぎれこんでくる。わざとかもしれない。あの大当たりした映画《英国王のスピーチ》のなかの国王ジョージ六世とおなじだ。しゃべっているのが国王本人だとわかるように、英国国民にむけて放送されたスピーチで国王は何度かどもりを入れておいた、というやつ。ロジャーがその気の利いたやり方にのっとって「ミャーオ」をまぎれこませている可能性は、かなり高いのではないか。いずれわかってくることだが、ロジャーは驚くべき個体だ。だが、わたしは原本に私見をさしはさまないようにすると宣言した。そして、その原則をできるだけ守るつもりでいる。

以下の文書は、〈音声1〉と題されたファイルではっきりと聞きとれる部分を忠実に文字起こししたものである。参考になるかもしれないのでつけくわえておくと、ロジャーの声はほんとうにすこしヴィンセント・プライスに——あの数々の怪奇映画に出演している俳優に——似ている。基本的に、これはロジャーがみずからの言葉で語った生涯だ。この独白《モノローグ》があらゆる点において——語り手、語り口、そして、とりわけその内容が——理論上ありえないものであるということにかんしては、わたしはとうの昔に気にするのをやめている。

「まるで《インタビュー・ウィズ・ヴァンパイア》のようだな」とロジャーがいう。

「へえ？　あの映画は観たことないんだ」とウィギーがいう。

「それは残念《シェイム》」とロジャーがいう（その言葉はいかにも猫っぽく一本調子に〝シャーミュ〟と発音される）。「状況がよく似ていて、なかなか興味深い《アミユージング》のだが」（同様に、ここでは〝アミャージング〟と発音される）

ウィギーがなにも考えずにいう。「おい、まさか。あんたは吸血鬼《ヴァンパイア》じゃないよな？」

ロジャーの長いため息。このような質問をする男を相手にしなくてはならないロジャーに対して、わたしは同情を禁じえない。「いや。わたしは吸血鬼ではない」と彼は静かにいう。それから、話しはじめる。

「わたしが生まれたのは一九二七年、ロンドンのイースト・エンドだ。そんなことはありえないというまえに、ウィギー」――ウィギーの頭のなかのちっぽけな計算機が必死に引き算をしている音が聞こえるようだ――「この録音機にむかって猫がしゃべっているというのもありえない話だということを、忘れないでもらいたい。にもかかわらず、それがいま現実に起きているという点にかんしては、きみにも同意してもらえると思う。

というわけで、もう一度いおう。わたしが生まれたのは一九二七年、ロンドンのイースト・エンドだ。ローマン・ロードの市場のそば。母はとても美しく、とても若かった。わたしは父を知らないが、それは猫の世界ではきわめてあたりまえのことなので、その点を深読みしようとしても無駄だ。とはいえ、ある種の父親への固着がわが生涯のテーマであることは――その拒絶という問題もふくめて――間違いのないところだと認めざるをえないが。フロイトにはくわしいかな、ウィギー？」

「えーと、いや」とウィギーがいう。その質問にすこし驚いているような声だが、無理もない。なにはともあれ、ロジャーがウィギーとの議論を求めているのでないことはあきらかで、会話はそのまま先へと進んでいく。

「わたしは兄弟たちとともに、ごみあさりや狩りを学んだ」とロジャーがいう。「そして、あらゆる子猫がやるようにふざけて喧嘩しあい、じょじょにその腕をあげていった。同時に生まれたのは四匹だった。アルフ、アーサー、わたし、そしてちびのビル。だが、生まれて半年のときにビルが馬車馬に殺され、残りは三匹になった」

沈黙。ウィギーが「大丈夫かい？」とたずねかけるが、ロジャーはそれをさえぎるようにしてつづける。

「正直なところ」とロジャーが考えこみながらいう。「わたしは母が、ちびのビルの死にもっと動揺するかと考えていた」

声の調子から、ロジャーが母親の反応に大きなショックを受けていたことが伝わってくる。もちろん、その延長線上には失望感があった。ロジャーをふくめてどの子猫が亡くなったとしても、母親はほとんど悲しむことがなかっただろう。

「キャプテンとまっこうから顔をあわせたのは、わたしがちょうど一歳になったころだった。そのまえの半年間、わたしはちびのビルが命を落とした現場を頻繁に訪れていて、そこでときおり大きな黒猫に見られていることに気づいていた。この黒猫はわたしを将来の喧嘩相手とみなしているのだろう、とわたしは考えていた。そのときがくるのを待ち望みはしなかったが、わたしはだいぶ大きくなっており、いずれそうなるのは避けられなかった。猫の世界では、戦う相手をえらべるわけではないのだよ。わたしたちは、まずごくふつうのやり方でにらみあった。背中を高く突きあげ、尻尾を立て、歯を剝《む》きだし、爪を地面に食いこませて、ぐるぐると円を描いて移動した。ところが、そのとき彼はこういって、わたしの戦意を喪失させた。〝彼がいなくなって寂しいんだろ?〟驚きのあまり、わたしの背中はもとどおりの位置までおり、尻尾は垂れさがった。そんな言葉をかけられたのは、はじめてだった。わたしは混乱していた。〝きみの弟のことだよ〟と彼はいった。〝あれは意味のない死に方だった〟

そういうと、彼は歩み去っていった。そして、わたしはそのあとをおった。それが、わたしの生涯における転換点だった。あのときキャプテンについていかなければ、この話はまったくちがったものになっていただろう。わたしは一九三〇年ごろのローマン・ロードあたりで、ごくわかりやすい一生を送っていたはずだ。運が良ければ六歳くらいまで生きのび、数十匹の子猫の父親となり、俗にいう〝九生《きゅうしょう》〟というやつをつまらない形ですべて使い切っていただろう。酔っぱらいに殴られたり、どこかの家の古い洗濯もの絞り機で尻尾をなくしたり、何週間も物置小屋に閉じこめられたりして。当然のことながら、わたしの家族はそういったありきたりな最期を遂げていた。これ以降、わたしが家族のものと会うことは二度となかったが、あとになってから、アルフが二歳のときに三十番のバスに轢《ひ》き殺されたことを知った。聞くところによると、アーサーは五歳まで生きのびたものの、捕獲されてバターシー野犬収容所へ連れていかれ、そこでガスによって処分されたという。もちろん、確認しようのないことだが。とにかく、最後に残った兄弟が一九三二年にはもう亡くなっていたと考えると、寂しさがこみあげてくる。一九三二年。そう、マース社のチョコレート・バーが英国ではじめて製造され、リンドバーグ夫妻の赤ん坊が誘拐され、シドニーのハーバー・ブリッジが開通した年だ。たぶん想像がつかないのではないかな」

なにかいう必要があることに気づいて、ウィギーがもごもごと意味不明なことを口にする。もしかすると、マース・バーにかんする興味深い事実を心に刻みこもうとしていただけかもしれない。

「母は」とロジャーが話をつづける。「その後ふた腹の子猫を産んだあとで、一九三二年にヴィクトリア・パークのお気にいりの木の下で倒れ、そのまま亡くなった。父なし子の動物は種類に関係なくこう感じていると思うが、わたしは母以上に美しい猫をいまだかつて見たことがない」

ここで、無理からぬことだがロジャーの言葉が途切れる。すると、その沈黙に乗じて、ウィギーが口をはさむ。「たぶん、こっちの頭が鈍いんだろうけど」そういってから、咳ばらいをする。「このもう一匹の猫――キャプテンだっけ――は、いまあんたがしゃべってるようなやり方で話しかけてきたのかな？　それとも、猫語みたいなものを使ってとか？」

ロジャーは相手の愚かさに激昂する。

「もちろん、猫語に決まっている！　ついいましがたいったとおり、わたしはまだ一歳だった！　子猫時代を貧民窟《くつ》ですごしていた！」

ウィギーはあきらかに傷ついているが、わたしは彼がこんなふうにやりこめられるのを聞いて、小気味の好さをおぼえている。こと知性の面においては、ウィギーはロジャーの足もとにもおよばない。

「そんなにかりかりしなくたっていいじゃないか」とウィギーがいう。「あんたが〝人語をしゃべれるのなんてどうってことない〟って顔をしてるからさ」

「それはちがう。どうやらきみは、わたしがしゃべれるという点に、まだひっかかっているようだ」

「そんなことはない。でも、それならどうやってしゃべれるように――」

ロジャーが途中でさえぎる。「ウィギー、わたしがしゃべれるという事実を受けいれられないのなら、話はここまでにしたほうがいいのかもしれない」

「いや、頼むからつづけてくれ。悪かったよ。あんたはすぐにかっとなるんだな」ウィギーは笑って、冗談をいおうとする。「つまり、ほら、すぐに毛が立つんだ。それで、あんたはキャプテンのあとについていった」

「いわれなくてもわかっている！　わざわざ思いださせてもらう必要はない！」

ウィギーはなにも言葉をはっさない。実際、喜ばしいことに、これより先の録音でウィギーはロジャーをふたたび怒らせまいと最善の努力をはらっている。例の〝毛（気）が立つ〟といういかにも相手の気にさわりそうな表現は、さいわい二度と登場してこない。

「そう、わたしはキャプテンのあとについていった。みずからの意志で。おそらく、内心では誇らしさを感じていたのだろう。どうやら彼は、わたしのなかに特別なものを見いだしているようだったから。その先になにが待ち受けているのかは、皆目見当がつかなかった。キャプテンはわたしを古い倉庫へ連れていった。道中、ずっと黙ったままだった。わたしには訊きたいことが山ほどあったが、安全なところでわたしたちだけになるまで彼が口をひらかないのがわかっていた。倉庫のなかにはいると、彼は〝さあ、着いた〟といった。倦《う》んだ口調だった。そのときは、彼がどれくらい年をとっているのか、こういったことを何度くり返してきたのか、まったくなにも知らなかった。〝どうして自分がえらばれたのか不思議に思っているのだろうな〟と彼はいった。〝勘が働いた、とだけいっておこう〟。わたしは倉庫のなかを見まわした。暗闇のむこうの遠くから聞こえているのは、間違いなく傷ついた猫のうめき声だった。

〝ここにはほかの猫もいるのか？〟とわたしはいった。相手に不安を悟られまいとしていた。

〝ああ〟と彼はいった。〝それについては、あとで説明しよう。あとがあればの話だが〟

〝というと？〟

〝では、はじめようか〟。そういって、彼はわたしの正面にすわった。その大きくて黄色い目にみつめられると、わたしの心は恐怖とあふれんばかりの喜びという奇妙な組み合わせの感情で満たされた。彼はまえに身をのりだし、ほとんど聞きとれないような小声でいった。〝これまでに「猫に九生あり」という言葉を聞いたことは？〟

そして、こちらがそれにこたえるまもなく、彼はものすごい勢いで飛びかかってきて、わたしの喉を切り裂いた。血が盛大に噴きだし、土砂降りの雨のように地面に滴《したた》り落ちた。わたしはよろめき、力なく倒れた。なすすべもなく地面に横たわったまま、心臓から小さな若い命が送りだされていくのを感じていた。自分が驚いたのを覚えている。完全に不意を突かれていた。だが、恨みや怒りはなかった。ある意味では、自分が死のうとしていることをあまり気にしていなかった。一瞬、母のことが頭に浮かんだが、すぐに苦々しさを感じることなく、自分がいなくなっても母があまり寂しがらないであろうことを思いだした。ちびのビルとのしあわせな記憶が甦《よみがえ》ってきて、口もとがゆるんだ。それから、母の独特な匂いにつつまれ、耐えがたいまでの安心感をおぼえながら、わたしは死を迎えた。

意識が戻ると、喉がひどく渇いていて、目がずきずきと痛んだ。頭に岩を埋めこまれているような感じがした。いうまでもなく、わたしは困惑していた。だが、肉体的な感覚も、それとおなじくらい強烈だった。肢は、外側にべつの猫の肢がかぶせられているかのようだった。尻尾は重たくて、ほとんどもちあげられなかった。キャプテンがわたしを見守っていた。その場から一歩も動いていないように見えた。自分はどれくらい死んでいたのだろう？　キャプテンが水のはいったお碗を押して寄越したので、わたしはそれを一滴残らず飲みほした。彼はなにもいわず、わたしも沈黙を破るのがこわくて黙っていた。それでも、逃げようという気はまったく起きなかった。わたしは彼を信用していた。たったいま、彼はわたしを殺した——ちがうか？　わたしは自分が死ぬのを感じた。にもかかわらず、わたしは彼を信用していた。結局のところ、わたしはいまこうして生きているではないか！　喉の傷は自然に治癒《ちゆ》してしまったようだった。床の血は、すでに乾いていた。先ほど起きたのがどういうことであれ、キャプテンはそれを完全に理解していた。

つづく数日間、わたしは彼がもってきてくれた食料で、しだいに体力を回復していった。すると七日目に、彼が〝ついてこい〟といって、わたしを建物のほかの場所へと連れていった。このときにはもう、自分が恐怖を感じていることを彼に悟られようとかまわなくなっていた。〝キャプテン、お願いだ〟とわたしはいった。〝いまなにが起きているのか、説明してくれ"。だが、彼は首を横にふると、暗闇のなかへ進んでいった。わたしがはじめてここへきたときに耳にしたうめき声のするほうへ。彼は深さ四、五メートルほどの穴のふちで立ちどまった。暗すぎてよく見えなかったものの、底でなにかがうごめいているのがわかった。動物の腐敗する強烈な悪臭がしていた。かすれた苦しそうな息づかい。そして、あの聞き間違えようのないネズミのちゅーちゅーという鳴き声。どんな猫にも、強い嫌悪感と血への欲求を抱かせずにはいられない音だ。〝きみにもすぐにわかる〟とキャプテンはいうと、わたしを穴のなかに突き落とした。わたしは悲鳴をあげながら落ちていき、底に着地するとふたたび悲鳴をあげた。そこには、すくなくとも一ダースの猫の腐りかけた死骸が連なっていた。肢の下にはたるんだ毛皮のおぞましい感触があったし、空気中にはまだぞっとするような最期の息が残っていた。ネズミたちがわたしに群がり、身体によじのぼってきた。わたしは息をしようともがき、やみくもに肢をふりまわした。〝助けて〟という声がちかくでし、それにつづいて弱々しくて悲しげな鳴き声が聞こえた。

そこでまるまる六日間をすごしたあとで、わたしは息絶えた。死因は、脱水と窒息《ちっそく》とネズミによってひき起こされた狂気だった。この二度目の死には、最初のときのような感情面での安らぎはまったくなかった。実際、それはすべての死のなかで最悪だった。キャプテンがこの一連の手順のなかで〝穴〟をいつでも二番目にもってくるのも、無理なかった。時機がくると彼が説明してくれたのだが、あの穴から出てきて三つめの生へと進む猫は

——いわんや、わたしのように最後の九つめの生まで進む猫は——ほとんどいないのだから」

ロジャーがいったん話をとめていう。「混乱しているようだが、ウィギー」

ウィギーは返事をするかわりに肩をすくめたらしく、「うん？」という声しか聞こえてこない。煙草に火をつける音。ため息。ウィギーがロジャーの話をなかなか理解できずにいるのを、責めるわけにはいかない。わたしだって彼の立場にいたら、正直、まともな返事などできなかっただろう。

ウィギーは煙草を一服してから、苦労してようやくこういう。「それじゃ、九生あるんだ？」

「たぶん、なかなか受けいれられないのではないかな」とロジャーがいう。

「ああ、たしかに」

「ただ信じればいい」

「命が九つあるって？」

「そうだ」

「わかった。でも——」

「考えてみるといい。〝猫に九生あり〟——じつに奇妙なことわざだとは思わないか？なぜ人間はそんなふうにいうのか？　そのおかしな考えはどこから生まれてきたのか？

どうしてそれは語り継がれてきているのか？　〝いかにも人間らしい〟とよくキャプテンはいっていたよ。そのことわざは誰もが知っているようなのに、ひとりとしてそのほんとうの意味を追究しようとしたものはいない。そして、愚かにもそれを、あの日々の災難を生きのびる猫の有名な強運のことだと考えた」

ロジャーが言葉をきる。ウィギーが唾をのみこみ、どうにかして弱々しい笑い声をあげていう。「ほんと、わかってないよな」

「事実」とロジャーがいう。「キャプテンが説明してくれたとおり、すべての猫は文字どおり八度の死を生きのびる能力を秘めている」

「なるほど」

「そう、二千年くらいまえまでは、あらゆる猫が現代の平均的な猫には想像もできないくらいの〝力〟をもっていた。そういった猫の数は、長い歳月をへて猫が人に飼い慣らされていくにつれ、大幅に減っていった。いまでは、〝九つの生〟という猫族普遍の運命を自己実現のひとつとして意識的にまっとうするだけの気骨と活力と頑強な生命力をもつ猫は、百万に一匹しかいない。わたしは、その一匹だ。わたしがそれを鼻にかけているように見えるとしたら……まあ、きみもわたしとおなじ試練をくぐり抜けていれば、やはり自己満足を感じるのではないかな。キャプテンがわたしに課した通過儀礼は、長くて情け容赦のないものだった。苦痛と絶望に彩られていた。それは、先へ進むにつれてどんどん過酷になっていった。ここで忘れてはならないのは、失敗の可能性が——つぎにキャプテンに殺されたとき、わたしが永遠に死んだままでいる可能性が——幾何《きか》級数的に増大していったという点だ。

殺すのは嫌でたまらない、とキャプテンはいっていた。そして、殺される側の哀れでちっぽけな野良猫のわたしですら、その言葉を信じた。なぜなら、わたしは彼のおかれている状況を——わたしが百万にひとつの猫であるかどうかを確認するにはほかに方法がないことを——急速に理解しつつあったからだ。いうなれば、これは〝究極の消去法〟だった。

キャプテンは、まずわたしの喉を切り裂き、つぎにわたしを穴に突き落として放置した。それから、わたしの首を吊るし、わたしを溺《おぼ》れさせ、わたしの頭を打ち砕き——」

ウィギーの口から小さなうめき声が洩《も》れる。

「——わたしにガスを吸わせ、わたしに火をつけ、わたしに毒をのませた。そのたびごとに、わたしが戻ってこない可能性はますます大きくなっていき、キャプテンはそれに対する覚悟をしなくてはならなかった。わたしが最後の試練から息を吹き返したとき、彼はわたしに覆いかぶさるようにして泣いていた。わたしがやりとげられなかったと思っていたんだ」

「あんたが死んだと思った?」

「そうだ」

「なんとまあ」

間があく。

「でも、あんたは死んでなかった？」

「そうだ」

「なんとまあ」

「いいかな、ウィギー、もう一度説明しよう」

「そうしてもらえるかな？　悪いね」

「彼はわたしを八回殺した」

「なるほど」

「わたしはそのたびに生き返った」

「そうか」

「つまり、わたしは文字どおり九つの命をもつ猫なんだ」

「えーと……例の〝猫に九生あり〟ってやつだな？」

「ただし、現代の猫の大半は、一度死ぬとそれでおしまいだ」

「わかった。わかった。たぶん、わかったと思う」

ロジャーが待つ。ウィギーが「ああ！」という声をはっする。ようやく合点がいったのだ。

の要点だ」

「わたしはきわめて特別な猫なんだ、ウィギー」とロジャーがいう。「それが、いまの話

「そいつはわかってるさ。なにせ、あんたはしゃ、べ、れ、るんだから」

ロジャーがため息をつく。「たしかに、わたしはしゃべれる」とそっけなくいう。あきらかに、ウィギーになにかを説明しても、これが得られる精一杯のところだ。ロジャーが話を本題に戻す。

「キャプテンから教えられたことを、すべて覚えていられたらよかったんだが。問題は、いったんそれまでとは異なるやり方で世界を見ることを納得させられてしまうと、以前の見方をなかなか思いだせなくなってしまうことだ。理解の助けになるかもしれないのでいっておくと――ただし、ウィギー、きみの場合はそうはならない気がするが――キャプテンは典型的なニーチェ哲学の信奉者だった。彼の世界観によれば、彼とわたしはどちらも〝超猫〟だった。そして、自分が超猫だとわかると、ほかの連中の――とりわけ、脆弱《ぜいじゃく》な人間の――〝一度死ねばそれっきり〟というきわめて貧相な生命力に対しては、もどかしさをおぼえずにはいられないものだ。キャプテンは自分の仲間を見つけだす過程で、四十年以上にわたって文字どおり何百匹という猫を犠牲にしてきた。ほとんどの猫は、最初の喉裂きで脱落した。わずか一ダースかそこらの猫が穴から出てきて、キャプテンの希望をいっとき高めた。だが、わたし以前には、五つめの生にたどり着いた猫さえいなかった！

こうした殺しに、キャプテンはうんざりしていた。悲しみと徒労感をおぼえていた。だが、なかでもいちばん彼の精神にダメージをあたえていたのは、落胆が永遠につづくのではないかという予感だった。

〝どの猫に対しても、わたしは希望をもっていた〟とキャプテンは説明してくれた。〝今度こそ、必要な資質をそなえた猫かもしれない！　ところが、かれらは死んだ。つぎつぎと死んでいった。そして、わたしはしまいには、かれらの情けない弱さにむかつくようになった。想像がつくか、ロジャー？　思いやりをすべてなくしてしまった状態がどういうものか？　怒りと幻滅しか感じていない状態がどういうものか？〟

わたしは想像がつくような気がしたが、用心してこういった。〝どうかな〟

〝ちびのビルのことを考えてみろ〟とキャプテンはいった。〝おまえは彼を愛していた。だが、彼の死は意味のないものだった。そこで、正直にこたえてもらいたい。八度の死を乗り越えてきたいま――しかも、その死はいずれもビルの死よりもはるかに酷いものだった――おまえは彼のことをどう思っている？〟

わたしはビルの損なわれた小さな身体のことを思い浮かべた。すごく可愛くていとおしかった子猫のことを。自分の感じた喪失感。彼が突然この世からいなくなったことへのショック。それから、わたしは心の底から正直にこういった。〝あなたのいうとおりだ。ちびのビル？　なんてへなちょこだ！　ちびりのビリーのほうがふさわしい！〟」

沈黙。ありがたいことに、ウィギーはなにもいわない。それから、ロジャーが笑う。それは甲高《かんだか》い笑い声で、この部分を再生するたびに、わたしのうなじの毛はすべて逆立つ。「その顔!」とロジャーがいう。そして、彼は笑いつづける。録音は、そこで唐突に終了する。

画像ファイル（JPEG）DSC00021

このモノクロの写真に写っているのは、まだら模様の日溜まりのなかに立つひとりの男だ。あたり一面にツリガネスイセンが咲いている。ハンサムな顔。大きな耳。手には吸いかけの煙草。脚のわきに一匹の猫がすわっている。わたしが最初に紹介した写真のなかの猫とおなじだ。たぶん、これがロジャーだろう。ロジャーは甘えるような感じで男のふくらはぎに頭を押しつけている。この男が、リンカーンシャーの自宅の階段で転落死した——そして、ウィギーの姉のジョーにロジャーを遺贈した——マイクルなのだろうか？

いや、それはありえない。この写真は、もっと昔に撮られたものだ。男のズボンは、第二次世界大戦前後の雰囲気をただよわせている。どことなく見覚えのある顔。やわらかい紙に焼き付けられたかのように、画面全体がすこしぼやけている。

画像ファイル（JPEG）DSC00768

　やはりモノクロの写真で、その画質から、こちらもかなり昔に撮られたものと思われる。一九六〇年代か？　二匹の猫がいっしょに写っている。一匹は例のロジャーとおぼしき猫で、もう一匹はりっぱな頭をもつ巨大な雄の黒猫だ。黒猫は日のあたる丈の高い草むらのなかで、身体をのばして寝そべっている。ロジャーらしき猫は仰向けになって黒猫のおなかに頭をのせ、肢を空中に突きだしている。二匹ともくつろいでいて、これが猫ではなくふたりの若者だったら、最終試験のあとで一杯やり、水遊びを楽しんできたところといった感じだ（そして、おそらくそばの草むらには、アロイシアスという名前の年季のはいったテディベアが半分隠れるようにして転がっているのだろう）（イーヴリン・ウォー作『回想のブライズヘッド』のイメージ）。猫たちの背景にはあまり焦点があっていないが、それでも周囲に灌木《かんぼく》と木立、それにエリザベス朝様式の煙突があるのがわかる。写真の左下の隅には、地面に落ちた木陰が写っている。

　わたしは写真を何度か見るうちに、あることに気がついた。写真のてっぺんの手前のほうに、ぼやけた水平の物体があるのだ。どういうことなのか、さっぱりわけがわからない。

その物体は、おそらく宙に浮かんでいるのだろう。そして、焦点があわないくらいファインダーのすぐちかくにある。目を細めてよく観察すると、それは踵《かかと》をあわせてつま先を外側にひらいたひと組の革靴《ブローグ》のように見える。

ロジャー　メモ（ウィギー）

ロジャーが新聞から記事をちぎりとってしまう！　先週の木曜日のことだ。『テレグラフ』をキッチンのテーブルの上に置いたまま庭に出ていたら、戻ったときには新聞は穴だらけで、テーブルの表面にはすごく深いひっかき傷がいくつも残されていた。たぶん、ぼくが悪いんだろう。やつのために毎日クロスワードを切り抜いてやっていたから、それが先例になってしまったのだ。でも、やつからはじめてそうしてくれと頼まれたときには、しごくまっとうな提案に思えた。なんのかんのいって、やつのいうとおり、ぼくは謎解きのたぐいをやらないのだから。脳がそれ向きにはできていないのだ。

もちろん、やつはいまでもだんまりを決めこんでいる。もう一週間、まともな言葉をひと言もはっしていない。あん畜生。ミャーオと鳴いてばかりいる。ミャーオ、ミャーオ、ミャーオ。まったく、あいつの口から出てくると、その鳴き声はすごく嫌味に聞こえる。引用符で強調されているような感じだ。そもそも、あいつは猫としてどうなんだろう？　あの壁のかりかりという音にも、まったく反応を示さなかったではないか？（結局、音はいつのまにかやんでしまっていた）とにかく、話を新聞のほうに戻そう。例のだんまり作戦があるので、やつに記事のこと——ひきちぎるほど興味のある記事はなんなのか——をたずねてみても無駄だった。そして、その木曜日以降、毎日おなじことがくり返されている。まるで、とくに目をつけている記事でもあるかのようだ。そういった状況のなかで、ぼくはきょう、ご存じ〝ウィギーのひらめき〟というやつを得た。そこで、村の店で『テレグラフ』をこっそり二部買ってくると、片方を冷蔵庫のなかに隠しておいた。ちょっと奇妙な行動に思われるかもしれないので説明しておくと、それはぼくではなく、ロジャーのことを考えてだ。要するに、そのおつむの良さにもかかわらず、ロジャーはまだ冷蔵庫を自分であける方法を思いついていないってことだ！　念のために、ぼくは財布もそこにしまうようにしている。ビニール袋にはいったままのジョーの携帯電話も。気がつくと、ロジャーがそれを庭でもてあそんでいて、もうすこしで灌木の下に押しこんでなくしてしまいそうになったことがあるからだ。ほんとうに、さっさとそいつを携帯電話の店にもちこんで、どうにか修理できないか調べてもらわないと。

それはともかく、ぼくの狡猾《こうかつ》な計画のほうに話を戻そう。ぼくはいつものとおり『テレグラフ』をテーブルの上に残して、三十分ほど海辺で物思いにふけりながら煙草を吸っていた。そのあとで戻ってみると、これまたいつものとおり新聞がテーブルの上でずたずたにされていたので、冷蔵庫から予備の分をとりだして、急いでふたつとも階下の便所にもちこんだ。どの記事がなくなっているのかを突きとめるのには、しばらく時間がかかった。

でも、最終的にはロジャーが三つの記事をちぎりとっていたことが判明した。その記事とは——

（1）去年イギリスの家庭内で発生した奇妙な死亡事故——ティーポットや部屋着、食卓用マットやズボンが原因で発生した死亡事故——の統計データを軽い調子でとりあげたニュース記事。

（2）イースト・エンドのギャングがロンドン・スタジアムのそばの駐車場ビルのてっぺんから飛び降り自殺したと思われるという記事。

（3）ケンブリッジの無名の学者の死亡記事。

これらの記事がなにを意味しているのかは、謎だ。それに、さっきもいったとおり、いまやつには訊くことさえできない。ミャーオ、ミャーオ。ミャオ、ミャオ、ミャーオ。ほんとうに、あのロジャーってのはクソ野郎だ。ジョーの身になにが起きたのかなんて、いつまでたったって聞けやしないだろう。なにせ、まずは自分の生涯とやらを全部話さなくちゃ気がすまないんだから。そんなのは、この調子でいったら何年もかかる。それなのに、ここ一週間は口を閉ざして、頭のなかで難しいクロスワードを解き、満足げに喉をごろごろ鳴らして、自分の賢さをひけらかしているだけときた！　失礼、ちょっと興奮してしまった。けど、ロジャーみたいな猫には、いったいどうやって接したらいいんだ？　どんなやり方をしても、こっちはアホみたいな気分にさせられる。たとえばの話、ふつうの猫を相手にするみたいに、「さあて、きょうの晩御飯はなんでちゅかねえ？　美味《おい》しい美味しいお魚ちゃんかなあ？」というわけにはいかない。なんといっても、ロジャーは猫界のスティーヴン・フライみたいな才人（才猫？）なんだから！　かといって、猫にこんなふうに語りかけているところを誰かに聞かれるのもごめんだった。「そうだ、ロジャー、いい忘れてたけど、あんたに頼まれてたショウの『人と超人』を買っといたよ。どこに置いときゃいい？」

　この先ロジャーが二度と口をきかなかったとしたら、ぼくは気にするだろうか？　迷うところだ。ロジャーが〝ふつうの猫（proper cat）〟モード（略してPCモードだ）でいるとき、たしかにここははるかに平和だ。とはいえ、やつが黙っていると、こっちは足踏み状態で死んだも同然という気がしてくる。いったい、どうすりゃいいんだ。きのうジョーの双眼鏡を使ってみたけれど、鳥なんかほとんど見えなくて、時間の無駄だった。でも、不思議だ。なにを観察していたにせよ、ノートの記録によると、ジョーはほぼ毎日それを目撃していたんだから。実際、これはすごく興味深いんだけれど、ジョーはぼくに電話をかけてきた日にも、午後三時半ごろにそれを目撃していた。まさに、劇場にいるぼくに電話してくる直前に！　筆跡が乱れているから、きっとすごく興奮していたにちがいない。それに、考えてみれば、そのころには外はもうかなり薄暗くなっていたのではないか？　だとすると、ジョーが目を光らせていたのは鳥ではなかったことになる！　白状すると、これでぼくの心はますます異星人による拉致説へとかたむきつつある。もしかすると、姉貴がくり返し目撃していたのは……空飛ぶ円盤だったのかも！　そして、かろうじて犬のジェレミーを抱えあげたところで、ひゅうっ！　犬もろとも吸いあげられて、リトルハンプトンの風光明媚《ふうこうめいび》な海岸線を越えてワイト島の彼方へと連れ去られたのだ（とはいえ、姉貴はそのまえにぼくに電話してくる時間があったわけで、そうなるとこの筋書きにはすこしケチがつくけれど）。

筋書きといえば、この週末にぼくはもう一度、脚本書きに挑戦してみた。でも、どういうわけか、なかなかしっくりこないでいる。映画化するなら自分の役はダニエル・クレイグでどうかとロジャーから提案されて以来、あいつが光沢のあるデザイナースーツを着て、イスタンブールを出てすぐの急カーブをまがる列車の屋根を走っていく場面が、頭から消えないのだ。まったく、ダニエル・クレイグだなんて、たいした自己評価だ。〝猫には九つの命がある〟って話にかんしていえば、こっちは調子をあわせているだけで、ほんとうは洟《はな》もひっかけちゃいない。だって、そうだろ？　全部やつの作り話かもしれないんだから。その一方で、ジョーの身になにが起きたのかについては、まだなにもわかっていない。

なにもだ。きょう、例の巡査部長がまた訪ねてきて、ジョーの携帯電話はもう調べてもらったのかと訊いてきた。ぼくがそれを冷蔵庫からとりだして渡すと、彼はものすごく驚いていたようだけれど、なにもいわなかった。

ロジャー脚本2（ウィギー）

海辺のコテージ。のどかな雰囲気。ウィギーがぶらぶらとキッチンにはいってくる。煙草に火をつけ、やかんに水をいれ、なにげなく冷蔵庫をあける。ボンド映画っぽいアクション向きの音楽がはじまると同時に、ロジャーが勢いよく冷蔵庫から飛びだしてくる。ウィギーの肩にのり、強烈な攻撃をつぎつぎとしかけてくる。ウィギーはひざまずく。

ウィギー　（叫ぶ）

やめろ！　ロジャー！

さらなる攻撃。（覚え書き＝ロジャーは、猫が喧嘩のときに使うお決まりの金切り声をあげない。暗殺者のように黙々と集中して整然と行動するため、それでいっそう恐ろしさが増す）ウィギーの動脈から血がほとばしり、キッチンの床に盛大に流れ落ちる。

ウィギー　（真に迫った感じで）

でも、どうやって扉を——？

開け方を知らないと思ってたのに——！

肩から降りろ！

喉へのとどめの一撃。ウィギーが倒れ、絶命する。ロジャーが床に飛び降りる。立ちどまって肢をあげ、謎めいた笑みを浮かべながら、血まみれの鉤爪《かぎづめ》をほれぼれとながめる。それから、ウィギーの死体と、あいたまま前後に揺れている冷蔵庫の扉のほうをふり返る。

ロジャー　（階級を超越した男らしい抑えた演技で、肩越しに）

スメッグか。悪くない冷蔵庫だ。

音声 2

このふたつめの録音には、〈音声 1〉とは異なる背景音がはいっている。聞いていくとわかるとおり、ウィギーとロジャーはロンドンのラッセル・スクェアちかくの賃貸フラットにいる。外を走る車やトラックの音。歩道は人通りが多いらしく、若者たちの集団の声が聞こえる。犬の吠え声。通過していくサイレン。とある冬の午後。ロジャーは自分の思い出の旅につきあわせるため、ウィギーを説得して、連れ立ってロンドンにきている。

「はじめようか、ロジャー?」とウィギーがいう。すこし疲れていらいらしているような声。長い一日だったのかもしれない。「きょうじゅうにジョーの話にたどり着けるのかな? 前回はどこまでいったっけ? 一九二八年ごろか? そのあとの八十数年を、どれくらいですませられる?」

沈黙。ウィギーが別の角度から攻める。

「だいぶ変わってたのかい?」とウィギーがたずねる。「キャプテンの特別な場所の真上にオリンピックの自転車競技場が建設されていたのを知って、あんたがショックを受けてたのがわかったよ」

ここでもロジャーはなにもいわない。

「キャプテンが恋しい？」

ロジャーが笑う。「いや」といって、ふたたび笑う。申しわけないが、ここでひと言いわせてもらいたい。これがウィギー以外の人物なら、絶対にこの返事が好奇心をそそるものであることに気づいて、さらに掘りさげた質問をしただろう。だが残念ながら、ウィギーはちがう。

「あの駐車場ビルは、どうしても見る必要があったのかな？」

「ちょっとした仮説があってね」

一瞬、ウィギーが考える。あきらかに彼は、新聞にあった自殺の記事との関連性に気がついている！　この録音を聞くたびに、わたしは祈る。『テレグラフ』からちぎりとられていた三つの記事のことを口にするんじゃないぞ、ウィギー。あんたがロジャーよりも優位に立っている点といえば、それらの中身を知っていることくらいしかないんだから。

喜ばしいことに、ここでウィギーはめずらしく賢明な判断をくだす。

「あんたは永遠に生きつづけるのかい、ロジャー？」とウィギーがたずねる。

「わたしもまったくおなじことをキャプテンにたずねた」とロジャーがいう。「もう何年もまえに、例の試練がすべて終わったあとで」

ロジャーはすごく機械的な調子で、中断していた話のつづきをはじめる。それを聞くと、こう考えずにはいられない。彼はこれまでに何度、この話をしてきたのだろう？　それをウィギーのような男に話す目的は、いったいなんなのか？

「〝こうなったからには、わたしは永遠に生きつづけるのか？〟わたしはずばりキャプテンにそうたずねた。〝わたしは二度と死ぬことがないのか？〟」

　ロジャーの話は、ここでまた横道にそれる。「結局のところ、えらぶ機会があたえられたとして、永遠の生を望むものなどいるのだろうか？　世界の偉大な神話や物語にそれほど親しんでいなくても、永遠の生に対する一般的な評価はよく知られている。不死というのは常に、恩恵というよりは重荷であることがわかってくるものだ。永遠に生きつづけていると、精神から希望や目的が失われてくるし、たいていは悲劇的な形で、死ぬ運命にあるまわりのものたちから孤立していく。アポロンから千年の寿命を授けられたクマエの巫女《シビラ》のことを考えてみるといい（アポロンから若さを保つ方法を授からなかったため、年をとるにつれて皺くちゃとなり、やがては萎んでいく）。もしくは、ウィギー、きみの限られた文化的素養を鑑みるに、ＴＶのドクター・フーのことを。もちろん、はるか昔の若き日のわたしは、そんなふうには考えていなかった。わたしはまだなにも学んでおらず、なにも知らなかった。ロンドン東部の数平方マイルにつうじているだけの粗野な野良猫にしかすぎなかった。とはいえ、キャプテンにされたことに対して不安を抱くくらいの頭はあった。なんのかんのいって、みずからも九つの生をもつキャプテンは、どう見てもしあわせそうな猫ではなかったからね。自称どおり不死なのだとしても、彼はそれを楽しんではいなかった。彼にしあわせをもたらしていたのは、あきらかにわたしだけだった。彼は驚くほど、わたしを誇りにしていた。みずからの手で仲間を作りだしたんだ。一週間かそこらのあいだ、彼はわたしを褒め称えてばかりいた。わたしに感心し、何度もくり返しわたしの輝かしい九つの生について話した。

それから一週間ほどして、わたしたちは倉庫をあとにした。イースト・エンドにとどまる必要が、どこにあるというのか？　実際、このあとの十年間、わたしたちは旅をつづけた。まず手始めは、ティルベリーの埠頭までの簡単な旅だった。そこで船に乗り、ロンドンから遠く離れた地をめざすためだ。わたしたちはどちらも海での生活に憧れていて、無賃乗船するのに必要な技術をすべてそなえていた。考えてみれば、どんなふつうの猫でも、自分の姿を見えなくし、ごみあさりをし、縄張りを守るすべを心得ているものだ。そして、わたしたちはとうていふつうの猫とはいえなかった！　船では、まず先住猫たちと揉《も》めるのが常だった。だが、かれらはキャプテンの敵ではなかった。わたしたちが最初に乗ったケープタウン行きの船でも、テムズ川の河口を出るやいなや、四匹の大きくて体格のいい猫が機関室でわたしたちに詰め寄ってきた。記憶では、かれらには刺青《いれずみ》ときつい訛《なま》りがあったが、わたしはこれまでにたくさんの本を読んできているので、そのあたりは想像力が働いて、尾ひれがついているのかもしれない。とにかく、わたしは荒っぽい船乗り猫たちと戦う覚悟を決めて、何度か大きく深呼吸したのを覚えている。だが、わたしが甲高い声で鳴き、ふーっとうなろうとしたとき、キャプテンがわたしの胸を小突いて、黙らせた。そして、小声でこういった――〝こいつらは、わたしにまかせろ〟。

そのあと目のまえで展開された光景は、潤色《じゅんしょく》するまでもなく、じつに驚くべきものだった。キャプテンは音もなく四匹の大きな猫のほうへ歩いていくと、かれらの真ん中にすわった。連中は戸惑っていたが――わたしもだ！――同時にしめしめと思っていた。キャプテンは四匹のなかでいちばん大きな猫を見た。そいつは視線を返した。すると、不可解なことが起きた。その猫がじりじりとあとずさりをはじめたのだ。そして、全身の筋肉が制御できなくなったかのようにぶるぶる震えたかと思うと、嘘でもなんでもなく、一瞬、その身体が宙に浮かびあがった。キャプテンがつぎの猫の目をのぞきこむと、その猫もすぐにあとずさりをはじめた。わたしは前肢で目を覆った。キャプテンはこいつらの喉を掻っ切るつもりなのだ。ちがうか？　ほかの猫たちを殺したのとおなじやり方で、かれらを始末しようとしている！　だが、キャプテンは殺すことには興味がないらしく、ただ連中を圧倒し、降伏させ、恐怖を抱かせただけだった。かれらは退散し、二度とその姿をわたしたちのまえにあらわすことはなかった。なぜなら――のちに知ったのだが――船から身投げしていたからだ。わたしは無邪気にも、かれらが航海の残りのあいだじゅう、どこかに隠れているのだと考えていた。そして、そのことを――機関室で角を突き合わせて以来、かれらを見かけていないことを――ときどきキャプテンに指摘した。すると、彼はいつでも怪訝そうな口調で、〝そういえばそうだな！〟とこたえていた。

　それは、ヨーロッパ大陸巡遊旅行《グランド・ツアー》（英国貴族の子弟が教育の仕上げとしていっていた長期間の国外旅行）のなかでももっとも壮大《グランデスト》なものだった。わたしたちは各地で美術品や建築物を鑑賞し、本を読み、さまざまな言語を学んだ。そのあいだもずっと、わたしはキャプテンからしゃべること、読むこと、論理的な思考、暗記を教わっていった。長い船旅というのは、そうやって自分を高めるのに最高の環境だった。船上の酒保をあずかる人間がひじょうに愚かであるかぎり——そして、たいていはそうだ——食料の心配をせずにそちらの活動に集中できるからだ。ああ、読書！　わたしたちは大いに読書にいそしんだ。キャプテンはコンラッド、わたしはキプリングとロバート・ルイス・スティーヴンソンがお気にいりだった。わたしたちはケープタウンからインドへむかい、そのあとはエジプト、イタリア、ギリシャをまわった。月明かりのなかで見る大ピラミッド。月明かりのなかで見るフォロ・ロマーノの遺跡。月明かりのなかで見るパルテノン神殿。なかでも、星空の下、エーゲ海で揺れる木甲板に横たわりながら、かたわらのキャプテンがテニソンの『ユリシーズ』を完璧に暗誦するのに耳をかたむけていた晩のことは、いちばんの思い出だ」

　ロジャーはあきらかにこの回想にひどく心を動かされており、一瞬、ウィギーと会話をかわす気分になりかける。

「わたしの心をとらえたのは、ギリシャだった。いったことは？」

ウィギーが返事をしようと息を吸いこみかけたところで、ロジャーが心変わりしてつづける。

「いまのは意味のない質問だった。どうせ最近のギリシャは、一九三〇年代とは大きく変わっているのだろうから。ダレル兄弟の著作を読んだことは？（兄のロレンスは英国の小説家、詩人。弟のジェラルドは動物学者、作家）」

「えーと――」

「わたしたちはコルフ島で、かれらを知っていた。もっとも、むこうはこちらを知らなかったが。交流はなかったのでね。とはいえ、ダレル一家が暮らした三つの別荘すべてで、わたしたちはしばらくとてもしあわせな生活を送った。兄のラリーの本を拝借し、彼の書いた原稿をいくつか読ませてもらった。弟のジェラルドが集めていた動物標本の小さめのやつを、一部つまみ食いさせてもらったこともある。結局、キャプテンとわたしはギリシャの島々でまるまる三年間をすごした。そして、それはまさに至福の時間だった。このとき、わたしは大人になろうとしていたのだと思う。ようやく、死の制約から解き放たれていることを理解し、それを楽しみはじめていた。素晴らしい旅行記を何冊も読み、一流の人びとと交わった。そして、あらゆることに感化された。ギリシャの光は最高だった。空気も、魚も、文句のつけようがなかった。そして、ギリシャの痩せこけた猫たちはわたしたちの敵ではなく、面倒にまきこまれることは一度もなかった。ローマの猫となると、話はまた別だが！　ドデカネス諸島のシミ島では――学校で習ったギリシャ史を覚えていればわかるだろうが、当時そこはイタリアの統治下にあった――ものすごくしあわせなときをすごしたので、わたしはここに永住できたらとまで考えたくらいだ。キャプテンと洞窟で暮らし、すこし有名になるところを想像したりもした。その洞窟が、ちかくのパトモス島にある使徒ヨハネの洞窟みたいな聖地になるところさえ。だが、そんなことを夢見るなんて愚かだった。なぜなら、この島でキャプテンは、その残念な特性を――病的なほどの独占欲を――あらわにしはじめたのだから。そのせいで、わたしが別の島への移住を希求しつづけた結果、わたしたちが長く一箇所に安住することはなかった。

そう、シミ島では、じつにおぞましいことが起きた。一連のおぞましい出来事の最初のものだ。その責任は、わたしにある。わたしは徴候を無視していた。キャプテンも自分とおなじくらい満足していると思いこんでいた。港のそばの居酒屋《タベルナ》に、親切なウェイターがいた。彼はときどきわたしの顎の下をなで、蛸《たこ》の切れ端をほうってくれた。わたしは彼に好感をもち、おもねってみせた。蛸の切れ端をがつがつ食べて、もっとくれと鳴いてせがんだのだ。ウェイターの名前はギャランディスといった。そして、わたしは考えなしに彼のことをキャプテンに話した。興奮して、ギャランディスの働く居酒屋《タベルナ》に腰をおちつけてはどうかとまで提案した。しばらく、そこで世話になってはどうかと。

キャプテンは、わたしの提案に興味のあるふりをした。そして、ある晩いっしょに防波堤にすわっていたときに、どの男がギャランディスかをわたしに示させた。翌日、わたしはギャランディスから食べ物をもらっているときに、キャプテンがこちらを観察しているのに気がついた。いまとなっては自明なことに思えるが、当時のわたしは、キャプテンがここに居をかまえるという案を真剣に検討しているのだと考えた。だとすれば、自分が喉を鳴らしてギャランディスの足首にすり寄っていくところを見られたのは、願ってもないことではないか。ほんとうに、馬鹿もいいところだ！　二日後、わたしが居酒屋《タベルナ》にいってみると、ギャランディスの姿はなかった。彼の妻がすすり泣き、人びとが怒鳴っていた。ギリシャでは人がいつでも怒鳴っているが、これはそれとはちがった。そして、教会の鐘が鳴り響いていた。騒ぎの中心にあるのは、地面に海水を滴らせている黒い手押し車だった。わたしは防波堤に飛びのり、手押し車になにが積まれているのかを確かめようとした。なにが水を滴らせているのか。なにが人びとを見苦しいまでに悲嘆に暮れさせているのか。いうまでもなく、それはギャランディスの死体だった。わたしの大切なギャランディス！　彼は海に身投げしていた。

キャプテンは防波堤にいるわたしのとなりにあらわれると、〝かわいそうに〟といった。〝あれはきみの親切な人間の友だちではないのかな？　聞くところによると、彼は昨夜、自分の小さな釣り舟から海に飛びこんだのだとか。ポケットに石を詰めて〟

〝でも、どうして？〟とわたしはいった。

〝理由なんて、誰にわかる？〟そういって、キャプテンは肩をすくめてみせた。〝人間はときとして、ただ生きる意欲を失ってしまうんだ〟

その後、さらに三人の罪のないギリシャ人が、それぞれ別の島で弔《とむら》いの鐘を響かせることとなった。そして、そこでようやく、わたしはこれが偶然ではないことに気がついた。サモス島の郵便局で働いていた太った男。イドラ島で蜂蜜を売っていた毛深い顔の女性。ケファロニア島の漁師の息子で、頭が弱く、はた迷惑な靴フェチをもっていた男。奇妙きわまりないことに、わたしが人間と知りあうたびに、その彼もしくは彼女は突如として生きる意欲を失っていた！　しばらくのあいだ、わたしは原因が自分にあるのかもしれないと考えていた。わたしはこれらの人びとに、どういうわけか絶望をもたらしているのではないか。だが、これはキャプテンの仕業《しわざ》にちがいなかった。彼は独占欲が強かった。いうまでもなく、典型的な精神病質者だった。そして、人間という凡庸《ぼんよう》な存在に対しては軽蔑しか抱いていなかった。とはいえ、彼がこれらの人びとになにかしたという証拠は、ひとつもなかった。ギャランディスの場合も、あのぬいぐるみのような郵便配達人の場合も、蜂蜜を売っていた女性の場合も、漁師の息子の場合も。キャプテンが人間に対して直接なにかするのを見たのは、一度だけだった。一九三三年のある晴れた日の午後、わたしたちはルクソールにある神殿をぶらついていた。すると、アメリカ人の女性がわたしたちの写真を撮ろうと考えた。〝なんて大きな猫ちゃんたちかしら！〟彼女はそう叫ぶと、シャッターを押した。キャプテンには、それが我慢ならなかった。このとき、わたしたちはまるで予行演習でもしてあったかのように行動した。キャプテンは、そのアメリカ人女性に駆け寄った。そして、女性がなでようとして身体をかがめたところで、彼女の脚に深ぶかと爪を立てた。女性が悲鳴をあげてカメラを落とすと、彼はそれをわたしのほうへはたいて寄越し、自分は急いで逃げていった。わたしはすばやくカメラの上に横たわり、寝ているふりをした。そのかたわらで、女性は現地のガイドに助けられ、血まみれの足をひきずりながら去っていった」

ロジャーが笑い声をあげる。ウィギーも、ややためらいがちにそうする。あきらかに、彼はなにかいわなくてはならないと感じている。

「機転が利くな」とウィギーがいう。

「チームワークだよ」とロジャーがため息まじりにいう。

きょうの話はここまでといった雰囲気があり、椅子がうしろにずらされる音がする（ウィギーが立ちあがったのか？）。だが、そのときロジャーが話をつづける。

「たしかに、もうそろそろ切りあげたほうがいいのかもしれない。だが、きみはわたしがこうしてブルームズベリーにきたがった理由を知りたいはずだ。それをここで説明しておくべきだろう」

「わかった」そういって、ウィギーがふたたび腰をおろす。

「またしても、人間がかかわっている。はじまりは――ひとりの少年だった」ロジャーの声音が、ふいにこれまでとは変化する。のんびりとしたところが消え、抑制もあまり利いていない。エジプトで不運なアメリカ人観光客をわざと傷つけたときとはちがって、これは楽しい話ではないのだ（ひっかかれた観光客が敗血症になる可能性のことなど、ロジャーは気にしていないし、ウィギーはそれを訊くところまで頭がまわらない）。とにかく、いまロジャーの心を占めているのは、その〝少年〟のことだけだ。

「その子はイギリス人だった」とロジャーがいう。「眼鏡をかけ、半ズボンをはいていた。ある日、わたしはひとりでアクロポリスの丘にいたときに、その子に気がついた。彼は石造建築の廃墟に腰かけ、真昼の太陽の下で、パルテノン神殿の精巧な絵を描いていた。すごく熱中していたので、わたしのことはもちろん、まわりのものはなにも目にはいっていないように見えた」

「どうして、あんたはひとりだったんだい？　キャプテンは？」

「ピレウスにむかうバスのなかにいた。わたしたちは翌日アテネからブリンディジに移る予定で、フェリーの時間を確認する必要があったんだ。彼がわたしにかけた最後の言葉は――」

ロジャーがそこでやめる。あきらかに感情がこみあげてきている。「失礼」と彼がいう。

「ロジャー、話すのがつらいのなら――」

「大丈夫だ。だが、キャプテンとすごした十年間のうちに――そう、いまならわかるが、わたしは……傲慢《ヒュブリス》になっていた（〝傲慢〟はギリシャ悲劇で神々に対する思い上がりを意味し、その報いとして天罰を受ける）」

ウィギーが「えっ、なにになったって？」と訊き返すが、ロジャーはかまわず先をつづける。

「そして、傲慢《ヒュブリス》への天罰を受けるのに、古代ギリシャのもっとも偉大な遺跡のひとつ以上にふさわしい場所があるだろうか？　そう、わたしはこの少年にひどく興味をひかれていた。だが、それで自分の身に災いがふりかかるとは思っていなかった。わたしが人間と交わることで不幸な目にあうのは相手方だけだ、という馬鹿げた考えをもつようになっていたんだ。眼鏡をかけ、灰色のソックスをはき、スケッチブックを抱えた少年は、コルフ島で出会った知的で感じのいいダレル兄弟を思い起こさせた。わたしは彼を気の毒に思った。帽子もかぶらずに、直射日光の下にすわっていたからだ！　たまたまキャプテンとわたしは、すこしまえにカルコステーケの遺跡のちかくで、土埃《つちぼこり》のなかに残されていた古いパナマ帽を見つけていた。そこで、わたしは少年の健康を気づかい、ためらわずに行動した。カルコステーケの遺跡にいって、そこからパナマ帽をひきずってきたんだ。それは、ほかのものに対してわたしがおこなったもっとも親切な行為だったかもしれない。まさに、〝善行必罰〟だな。

少年は笑みを浮かべると、わたしに礼をいって、パナマ帽を手にとった。そして、水筒から冷たい水を小さなお碗に注いで、それをわたしのほうへさしだした。わたしは水を飲み、少年はわたしの頭をなでた。〝おまえはギリシャの猫じゃないな?〟と彼がいった。わたしはすこしためらいながら、喉をごろごろ鳴らしてみせた。すると、少年があの運命の言葉をはっした。〝やっぱり〟。それから、こうつづけた。〝そうだと思った〟。それは、どういう意味だったのだろう? どうして、〝やっぱり〟だったのか? わたしが返事をしたと思ったのか? だが、誓っていうが、わたしはそのときまで一度も人間にむかってかれらの言葉でしゃべりかけたことはなかった。絶対に少年に話しかけてはいなかった! それでも、どういうわけか、わたしの正体はばれてしまっていた。きっと、こちらが彼の言葉を理解しているのが見え見えだったにちがいない! わたしの行動のなにかが、少年にそう思わせたのだ!」

ロジャーの声がうわずり、苦悶《くもん》の叫びとなる。ウィギーは深ぶかと息を吸いこむが、ここでロジャーの思考の流れを妨げるほど愚かではない。

「それから――ああ、じつにおぞましかった」とロジャーができるだけしっかりとした声でいう。「少年はわたしの首のうしろをつかんでもちあげると、〝おまえのような猫について読んだことがある〟といった。そして、ポケットから紐をとりだし、こちらがなにかするひまもないうちに、それをひき結びでわたしの首に結わいつけた。その状態では、こちらはひっぱられたらついていくしかなかった」

「ひどい！」とウィギーがいう。

「まさしく！」とロジャーがいう。「わたしは激しく鳴いて抵抗しようとしたが、少年は腕をのばした状態でわたしを抱えあげていたので、どうにもならなかった。こうして、わたしはアクロポリスの丘から、キャプテンから、すべてのしあわせから連れ去られた。わたしの窮状《きゅうじょう》はあきらかだったにもかかわらず、どこからも救いの手はあらわれなかった。ギリシャの猫たちは歓声をあげていた。丘のふもとに着くと、少年はわたしを枝編み細工のかごに押しこんだ。そして、その日の午後に、わたしはほかの大量の荷物とともに港へはこばれ、イギリスにむかう船にのせられた。わたしはうろたえながら、頭のなかでミルトンの『闘士サムソン』の一節をくり返していた。

なにゆえに
わたしは神から隔《へだ》てられしものとして生まれたのか？
偉大なる業績をあげるべく意図されたのか？
こうして裏切られ、捕らえられ、両の目をくりぬかれて死ななければならないのなら
敵に蔑《さげす》まれ、見世物にされ、
真鍮《しんちゆう》の足かせをはめられて困難な作業に骨折らなくてはならないのなら」

「すごい」とウィギーが感銘を受けていう。

「まあ、すべてがわたしの苦境にそっくりあてはまるわけではなかったが」

「でも、要旨は――？」

「そのとおりだ！」めずらしくウィギーが肝心な点を理解しているので、ロジャーは満足している。「そう、これまでに何度となく気づかされてきたことだが、重大な局面で詩を思い浮かべるのは、まさにその要旨が大きな意味をもつからなんだ。わたしはみずからに、〝なにゆえに〟と問いかけた。つまり、もしも猫用のかごにおさめられる運命にあるのなら、なにゆえにわたしはこれほど特別な猫として生まれてきたのか？」

ウィギーが同情の声をあげる。

「わたしはそういう状況にあった。サムソンとはちがい、ガザにいたわけでも、目が見えなくなったわけでも、奴隷たちとともにひき臼《うす》をひいていたわけでもないが、それでも小さな留め具によって――簡素な枝編みのかごの扉をあけられなくする仕掛けによって――打ち負かされていた！　なにが起きたのかをキャプテンに伝えるすべはなかった。アクロポリスの丘に戻ってきた彼がどうにかしてわたしの行方を突きとめてくれることを、願うのみだった」

「かわいそうなキャプテン」

「ああ」

「それに、もちろん、あんたも」

「ありがとう、ウィギー。わたしも自分を不憫《ふびん》に思うよ。とはいえ、船旅のあいだ、わたしはまあまあいいあつかいを受けていたと思う。少年の両親はどちらも学者で、文学にかんして、それまでわたしが耳にしてきたなかで最高の会話をかわしていた。もっとも、わたしにいわせると、ふたりともロバート・ブラウニングに対してかなり甘かったが。少年は、きちんとわたしの面倒を見た。ただ、彼にはひどく不安な気分にさせられた。彼が口にした言葉をなかなか忘れられなかったからだ――〝おまえのような猫について読んだことがある〟。だが、ここで肝心なのは、イギリスに戻ってくると、少年一家がそのままロンドンに直行したということだ。そして、そこでわたしは逃げだし、ブルームズベリーへとむかった」

「どうやったんだい？　その脱走は？」

「期待を裏切るようで申しわけないが、じつに古式ゆかしきやり方でだ。洗濯物入れのかごに隠れた」

「それで、ブルームズベリーにきたわけは？」

「たぶん、そこしか思いつかなかったからだろう。キャプテンはどこでわたしをさがそうとするか？　わたしはイギリスへ戻る船旅のあいだに、それに対する答えをだしていた。彼が最後にわたしを見たのは、パルテノン神殿だった。だとすれば、まず思いつく場所といえば、ロンドンでパルテノン神殿の大理石が保管されているところだ！」

「そいつは考えたな」

「どうも」

「それって、大英博物館のエルギン・マーブルみたいなものなのかい？」

「エルギン・マーブルというのは、ウィギー、パルテノン神殿の大理石のことだ」

ウィギーはなにもいわない。

「その推察が正しいかどうかはともかくとして、わたしはそう考え、大英博物館を事実上のわが家とした。第二次世界大戦のあいだと、そのあとしばらくは。戦争中に収蔵品がすべて疎開《そかい》させられたときも、わたしは博物館にとどまった。いまでも、できるだけ頻繁に訪れるようにしている。啓蒙主義ギャラリーの内部をおのれの肉球以上によく知っているというのが、わたしの自慢だ。

わたしを拉致した少年は、のちにみずからも学者になった。わたしは彼の成長をおいかけていたんだよ。専門はキリスト教以前の人びとの動物に対する考え方で、とりわけ死後の生活における伴侶としての関係に注目して研究している。たいへん有名な歴史学者と組んで見事な著作を発表しているし、『タイムズ高等教育付録冊子』には自分がアクロポリスの丘で拾ってきた猫にかんする愛情のこもった記事も寄稿している。そのなかで彼は——人から聞いた話として——やがてその猫がロンドン大空襲のあいだも大英博物館で野良猫として暮らしていたことを紹介し、自分はその猫に触発されてこの道に進んだと書いていた。そんなこと、わたしにとってはどうだっていいのに！　とにかく、わたしが知っているのは、彼が成長し、年をとっていったということだ。そして、ついには老人になった。それに対して、わたしは以前とまったくおなじままで、変化したところといえば——こういってよければ——彼が一生かかっても到達しえないくらい利口になったことくらいだ。彼がギリシャでおこなったこと、わたしを連れ去ったことは、いずれキャプテンの報復を招き寄せずにはいられない行為だった。彼がまだ生きているのは奇跡といえるが、それがあまり長くはつづかないと信ずるに足る理由を、わたしはもっている」

あれやこれや

（ウィギー）

三たびコテージにやってきたダガン巡査部長が、ジョーの携帯電話とともに驚くべき知らせをもたらした。なんと、携帯電話は充電中に猫に小便をかけられていたというのだ！その結果、携帯電話の内部は、まあいってみれば電気椅子送りとなったわけだ。ダガン巡査部長は、こんな事例ははじめて聞いたといっていた。ぼくは——嘘ではなく——自分も初耳だといった。

「考えてもみてください！」巡査部長はいった。「どうして猫が携帯電話におしっこをかけようなんて思うんです？」

ぼくも頭のなかで、まったくおなじ質問を自分にしていた。そのとき、ロジャーがいかにも偶然とおりかかったというような顔をして、ふらりとキッチンにはいってきた。巡査部長は自分がどんな猫を相手にしているのか知らずに手をのばし、ロジャーを床から抱えあげた。正直、最高に愉快な瞬間だった。

「おいたをした猫ちゃんは誰かな？　おまえか？」

ロジャーが巡査部長の肩越しにこちらを見ていた。ぼくが眉《まゆ》をあげてみせると、やつは不機嫌そうな顔でにらみつけてきた。ほんと、笑えた。

「うちじゃ動物を飼えないんですよ。娘にアレルギーがあって」ダガン巡査部長はそういいながら、ロジャーを床におろした。ぼくの頭に、ふとこんな疑問がよぎった。ミルトンはいまみたいな状況におかれたときの屈辱についても、なにか書いているのだろうか？まあ、書いていたとしたら、驚きだけど。

「えーと。それで、SIMなんとやらからは、なにか回収できたのかな？」ぼくは礼儀正しく関心を示そうとしながらたずねた。ぼくが〝SIMなんとやら〟にかんしてなにもわかっていないことを、たぶん巡査部長はかなりまえから気づいているのではないかと思う。

「そうそう」巡査部長はそういうと、最後にもう一度ロジャーの頭を軽く叩いてから身体を起こした。「こいつはiPhoneで、SIMカードにはアカウント・データしかはいっていないんです」

ロジャーはまったく関心がないとでもいうように、ちかくの椅子の上で身体を丸めていた。

「興味深くて役にたちそうな情報は――メッセージとか写真とか音声とか地図の参照履歴といったものは――すべて携帯電話の本体に保存されています。したがって、先ほど申しあげたとおり、それらは破壊されました」

「おしっこをかけられたせいで？」

「そうです。残念ながら、電流と猫の小便のふたつと同時に接触したせいで、携帯電話はいわば感電死させられたんです」

ぼくはロジャーを見た。やつは毛づくろいにとりかかっていたけれど、耳はひと言も聞き漏らすまいとぴんと立てていた。ほんと、図太い野郎だ。とはいえ、やつにも、巡査部長がつぎにはっした言葉に対する心の準備はできていなかった。

「しかし、さいわいにも、すべてが失われたわけではなかった！」巡査部長がそう発表したときのロジャーの反応は、まさにケッサクだった。やつは椅子から転がり落ちたのだ。

「なんだって？　ちきしょう！」やつは声に出してそういった。

たぶん、思わず言葉が口をついて出たのだろう。ぼくは息をのんだ。ダガン巡査部長がぼくのほうを見ていった。「えっ、いまなんて？」

だから、こっちはロジャーの声色を――あのヴィンセント・プライスそっくりの声をふくめて、なにもかも――真似るしかなかった。ぼくは笑っていった。「失礼、巡査部長。いまこういったんだ。〝なんだって？　ちきしょう！〟うちの家族のあいだで使われているおかしな口癖でね」

巡査部長は困惑していたものの、それ以上は追及してこなかった。

「たしかいま、すべてが失われたわけではないといっていたのでは」ぼくは先をうながした。

巡査部長が顔をしかめた。「ああ、そうでした。たいていの人は、携帯電話と自分のパソコンを〝同期〟させています。ちかごろでは、携帯電話が自宅のパソコンのちかくにあるときに、自動でそう設定されることが多いんです。あなたのお姉さんの携帯電話もパソコンと同期されていたのなら、きょうおもちした替わりの携帯電話で」巡査部長がそれをもちあげてみせた。「とりあえず、以前の携帯電話が最後に使われたときまでにたくわえられていたデータを、パソコン上で見つけられるかもしれない。でしょ？」

「これはこれは」ぼくはいった。「それじゃ、携帯電話に小便をかけたのがどこのどいつであれ、そいつはそのことに気づいていなかったんだ？」ぼくはすこしばかり傷口に塩を塗りこまずにはいられなかった。この知らせがロジャーにあたえた影響を見るのが、楽しくて仕方がなかった。やつの尻尾は、ものすごい勢いでゆらゆらと揺れていた。

巡査部長は驚いていた。「この猫ちゃんはわざとそんなことをしたわけではないと思いますよ。そうだよな、おちびちゃん？」巡査部長はふたたびロジャーのほうへ手をのばしたが、ロジャーはあとずさりして、その手から逃れた。

「いま、できるのかな？」ぼくはたずねた。「その同期とやらを？」

「もちろんです」巡査部長がいった。「やりましょうか？」

ぼくがその提案に飛びつくと、巡査部長はさっそく二階へとむかいはじめた。そのとき、彼自身の携帯電話が鳴って、メールの着信を知らせた。彼はメッセージを読むために立ちどまった。ぼくはこの瞬間のことを、一生忘れないだろう。この時点では、ぼくはまだロジャーが居心地悪そうにしているのを楽しんでいた。裏の事情につうじているというのは、じつに最高だった。ロジャーはテーブルの上に飛びのっていて、ぼくはふつうの猫の飼い主みたいにやつの頭をなでながら、ふつうに人が動物に話しかけるような調子でこういっていた。「この親切なおまわりさんが二階でジョーの携帯電話を同期させてくれるってさ、ロジャー。これで、彼女がどこへ消えたのかという謎が解けるかもしれない」そのあいだも、やつは人間の言葉がまったくわからないふりをしていた。

「なにかあたらしい情報でも？」メッセージに目をとおし終えた巡査部長にむかって、ぼくはたずねた。

「いえ、直接こちらの件には関係ないことです。すみません」巡査部長がいった。「じつは、面白半分で、猫が充電中の携帯電話に小便をかけた事件がほかでも起きていないか、記録をあたってみようかと思いましてね。ほら、今回と似たようなことが〝疑わしい状況下〟で起きていないか」

ぼくの手の下でロジャーの身体がこわばるのがわかった。

「それで？」

「まえにもあったことが判明しました。まあ、世の中には完全に新奇なものなんて存在しないってことなんでしょう」

ロジャーはぼくの手をふりほどくと、テーブルから飛び降り、猫用の出入り口のほうへのんびりと歩いていった。ただし、外に出るまえに、やりとりの最後の部分を聞こうとぐずぐずしていたけれど。

「つまり、似たようなことがまえにも起きていた？」

「ええ、半年ほどまえに」巡査部長がいった。「リンカーンシャーにある個人宅で。どうやら、その家の住人も芸術家だったらしくて、自宅の階段で転落死したのだとか」

一時間後にジョーの携帯電話の中身にざっと目をとおし終えたとき、そこで見つけたものにかんする巡査部長とぼくの意見はまったくちがっていた、とだけいっておこう。巡査部長は成果がゼロだと考えていた！「まあ、やるだけはやったわけですから」というのが彼の正確な言葉だ。たぶん彼は、名前とか電話番号とか秘密の恋人とかろくでもない愛人とかをさがしていたんだろう。だから、二階の窓から撮影された一連の庭の写真には――そこには巨大な見知らぬ黒猫が写っていて、ジョーの忠実な愛犬ジェレミーがその猫とむかいあっている写真も何枚かあった――まったく興味を惹かれなかったのだ。

そのあとで、ぼくらはジョーの携帯電話で最後に撮られた写真を、あらためてしげしげとながめた。そこには、ジェレミーだけが写っていた。ジョーの最愛のボーダーテリア。ちびのジェレミー。一見すると、それは門のそばの砂利の上で横向きに寝そべるジェレミーのスナップ写真のように見えた。でも、そうじゃなかった。こいつは天気のいい冬の日に陽射しを浴びてうたた寝するわんこの写真なんかじゃなかった。その写真は、ジョーが姿を消した日に撮られていた。ジョーが劇場にいるぼくに電話してきた日。なにかすごく悪いことがこの家で起きた日だ。ジェレミーは小道に設置された横桟の五本ある大きな門のすぐそばに横たわっていて、かわいそうにその顔は——実際のところ、頭全体が——押しつぶされていた。あきらかに死んでいた。

巡査部長とぼくは、すぐさま門にむかった。そして、いざそこに着いてみると、いままでなにも気づいていなかった自分がとんだ大馬鹿者に思えた。ここにきて三週間になるというのに！　門の蝶番《ちょうつがい》には、まだ血の痕と犬の毛が残っていた。地面から三十センチほどのところ、ちょうどジェレミーの背の高さくらいの位置だ。ああ、かわいそうなジョー。姉貴はあのちび犬を愛していたのに。そのとき、ぼくはロジャーの姿に気がついた。ぼくらが現場を調べているのを、庭の塀からじっと見守っていた。ここでなにが起きたのかを推察するのは、簡単だった。砂利には——ああ、ちきしょう——砂利には犬の小さな歯が何本か落ちていたのだ。

「それじゃ、犬はここの匂いを嗅いでいたわけだ」巡査部長がいった。「そのとき、誰かが門の扉を留めていた掛け金をはずした。この扉は重たいんですか？」

ぼくはまともにしゃべれそうになく、黙ってうなずいた。そう、肝心なのは、この扉がものすごく重たいということだった。そして、それが勢いよくあくところときたら——ジヨーはつねづね、その破壊力を〝致命的〟と評していた。だから、ふだん門をあけたままにしておいたのだ。ぼくもここにきてから、ずっとそうしていた。

実演してみせるために、ぼくはいくらか苦労しながら門の扉を閉めた。そして、巡査部長にうしろにさがるよう、黙って身ぶりで指示した。掛け金をはずすと、扉がさっとひらいた。その速さと勢いに、ぼくらは息をのんだ。

「たまげたな！」巡査部長が扉を手で受けとめながらいった。「こいつは修理しておかないと危険だ」

「ジョーはずっとそうするつもりでいた」ぼくはいった。

ということは、ジェレミーはその小さな鼻づらを扉の蝶番のところにあてて立っていたにちがいなかった。そのときに、何者かが掛け金をはずした。でも、どうしてジェレミーはそんなところにいたのか？

「ほら、これ」巡査部長がしゃがみこみながらいった。「犬はここにおびき寄せられたんだ」そう、そこには証拠が残されていた。いまでは肉がすっかりそげ落ちた骨が、門柱と塀のあいだに押しこまれていた。

この時点でぼくは気分が悪くなり、申しわけないが吐いてしまった。

「お姉さんがこんなことするはずはないですよね？」巡査部長がいった。

「もちろん。まさか。とんでもない」ぼくは手探りでティッシュをさがしたものの、見つけられなかった。泣きそうになっていた。門が勢いよくあくところ、ジェレミーの頭がナッツみたいにかち割られるところが、頭から離れなかった。まるで、その場に居合わせて、じかにその音を耳にしたかのようだった。ぼくがここに着いたとき、ジェレミーはすでに死んでいたのだ！　それなのに、ぼくはずっと彼が安穏にしていると――ソーレント水道の上空に浮かぶ快適な宇宙船のなかで愉快にすごしているとさえ――考えていた。塀の上では、ロジャーがあいかわらずそこに腰を据え、こちらを観察していた。

巡査部長はひきあげようとしていた。「お姉さんが犬をどこかの獣医に連れていっていないか、確認してみます。そのために、大急ぎでここを出ていったのかもしれない」それから、こうつづけた。「ただし、それでは彼女の車が残されていることへの説明がつきませんけど」

巡査部長がむきなおって、探りを入れるような目でぼくを見た。「あなたがもっとまえにこれに気づいていなくて、残念です」彼はいった。「お姉さんの携帯電話をなにもせずに放置しておいたのは、もちろんのこと」彼の口調には、はじめてかすかな敵意が感じられた。

「反省しているよ」

「ケイトン－パインズさん、これだけはいわせてください。あなたはお姉さんの身になにが起きたのかを突きとめるため、いままでなにひとつしてこなかった。ちがいますか？」

ぼくは、ここにきてから自分がしてきたことを思い返した。ジョーの捜索に本気で取り組むかわりに、ロジャーの話に耳をかたむけ、ロジャーのことを考え、ロジャーのことをこうしていまみたいに書いていた。ある意味では、巡査部長のいうとおりだった。

「あなたはすべてを話してくれていない、という気がしはじめています」巡査部長がいった。

それには答えずにすんだ。ぼくはまたしても吐いていたからだ。でも、すべてを話していないという点にかんしては――そう、巡査部長はまさに図星を突いていた。

介入（ならびに謝罪）

不必要な私見をさしはさむことなく、ウィギーのファイルをそのまま提示する、とわたしは約束した。だが、あることが起きたため、その考えをあらためざるをえなくなった。

昨日、これらのファイルのちょうど切りのいいところで、わたしははじめてコテージを留守にし、車でノリッジに出かけた。食料品を買い、なんだったらアート系の映画館でみずからを高めるような映画の昼の回を観てもいいかもしれない、と考えていた。そして、時間があったらインターネット・カフェに立ち寄り、ウィギーがコヴェントリーの劇場に出演していた時期を確認する。だが実際には、わたしはインターネット・カフェで四時間をすごし、あまりにも動転していたので、そのまままっすぐコテージに戻ってこなくてはならなかった。そういうわけで、〈ロジャー　夢〉と題されたファイルの紹介は割愛させてもらうこととする。これには、たいした情報はふくまれていない。ただ、ウィギーがくり返し、玄関にある釘のところへ導かれていく夢を見たというだけのことだ。ふつうならばお隣さんの鍵が掛かっているのに、ウィギーがコテージに着いたときには、なにもぶらさがっていなかった釘。つまり、ウィギーの無意識は――本人は気づいていなかったものの

——すでにきちんと答えを出していたのだ。もしも隣の家の鍵がいつもある場所になかったら、と痺《しび》れを切らした内なるウィギーはたずねていた。それはなにを意味していると思う？

だが、ウィギーの認知処理の遅さにかんしては、これくらいにしておこう。わたしがインターネット・カフェで発見した事実は、以下のとおりである。

1　ウィル・ケイトン－パインズ（友人たちのあいだでは〝ウィギー〟）は、たしかに《かれらが走るのを見てごらん》に出演していた。『コヴェントリー・ビューグル』には、彼が引用してみせたとおりの劇評が掲載されている。この芝居は、ちょうどふた月まえにベルグラード劇場で上演されていた。

2　彼は現在、自分の姉の死をあつかう陰惨きわまりない捜査の中心にいる。著名な水彩画家ジョアナ・ケイトン－パインズは、リトルハンプトンちかくの自宅から姿を消して三週間がたった十二月の第一週に、隣接するコテージの地下室で発見された。頭を押しつぶされた犬の死骸もいっしょで、彼女も犬も身体の一部をネズミに食われていた。彼女のほうは地下室にはいったときはまだ生きていて（犬はちがった）、暫定《ざんてい》報告書によると、その死因は〝脱水、窒息、および（可能性として）ネズミによってひき起こされた狂気〟だという。

彼女の弟は第一容疑者と目されているが、それはおもに、彼のとった行動の多くが不可解である点に起因している。たとえば、彼は姉の携帯電話が使用不能になっていることが判明したとき、あきらかに不適切な面白がり方をした。また、姉の〝失踪〟後、数日にわたって共有壁のむこうからかりかりという音が聞こえていたという事実を、警察に隠していた。この音とは、いうまでもなく、彼の姉が地下室の重たい跳ね上げ戸を下からひっかいていた音だった。彼がようやく姉の死体を〝発見〟してから警察に通報するまで、すくなくとも三時間が経過していたことがわかっている。そのあいだに彼は、血なまぐさい凶行――猫を棍棒で殴り殺してから、その首を刎《は》ね、死体を庭で焼却した――におよんでいたと思われる。

3　ロジャーが『デイリー・テレグラフ』からちぎりとった死亡記事は、ペプロウ教授という学者のものだった。享年八十二歳で、その死は毒ニンジンを使った自殺と見られている。教授は一九六〇年代にG・L・ウィンタートン博士と組んで、古代の死のカルトにおける動物の役割についての大著をものしている。近所の人の話によると、彼は自宅ちかくで頻繁に目撃されていた大きな黒猫のことで、ひどく動揺していたという。教授が残していったメモには、こう書かれていた――〝わたしは生きる意欲を失ってしまった〟。

介入終了

第二部　自宅

わたしは冬の海辺での逗留を予定よりもはやく切り上げ、くすんだわびしいわが家に戻った。わたしが留守のあいだに、いたるところに埃《ほこり》がうっすらと積もっていた。窓は汚れて見え、正面玄関わきのメアリーお気にいりのシダは、水不足でだらりとうなだれ、土がひび割れていた。それにくわえて、かび臭い玄関のタイルの床には、湿り気を帯びたどうでもいい郵便物が——その多くが無神経にも、いまは亡き妻に宛てられたものだった——まるで郵便受けで爆発したかのように、かなり奥のほうにまで散らばっていた。もっと明るい話としては、どうやらワトソンは家に帰れて喜んでいるようだった。庭の門をひっかきながら、興奮してハァハァいっていた。わたしはこの反応をありがたく思ったが、それもあることに気がつくまでだった。紐につながれた愛犬にひっぱられて庭の小道を進んでいくうちに、ふとこんな考えが頭に浮かんできたのだ。もしかするとワトソンは、メアリーに会えると思って喜んでいるのではあるまいか？　悲しいかな、そうであることがすぐに判明した。家にはいると、わたしはしだいに彼に対して苛立ちをおぼえるようになった。

彼が馬鹿みたいに駆けまわり、階段をのぼりおりし、吠えて尻尾をふりまわし、閉まっているドアを前肢《まえあし》でひっかいていたからである。

「やめるんだ！」わたしはいった。「ほら、こっちにこい、ワトソン！　ワトソン、やめろ。こっちにくるんだ！」

わたしは彼をつかまえることができなかった。ワトソンはぐるぐると走りまわり、敷物を蹴散らし、狂ったように家具に身体をぶつけた。そして、家じゅうを三度か四度さがしまわったあとで、ようやく敗北を認め、椅子の下にもぐりこむと、責めるような表情を浮かべてわたしをにらみつけた。いまよりもしあわせだったころ、メアリーとわたしは面白がって、よくその表情を真似しあったものだ。「まったく、クマちゃんったら」とメアリーがわたしにむかっていう（いいにくいのだが、わたしたちはおたがいを愛称で呼んでいた）。「どうして、そんなことができたの？」それから、例の咎《とが》めるような表情を浮かべてみせ、わたしたちはふたりして笑う。そういうことがあっただけに、いまのワトソンの表情はいっそう不憫《ふびん》に感じられ、わたしはとても彼のほうに目をむけられなかった。とはいえ、ある意味では、わたしは彼がうらやましくてたまらなかった。これまでずっと、彼はメアリーが亡くなったことをただ忘れていたのだろうか？　だとすれば、それはじつに大きな恵みだった。たとえば、わたし自身がこのふた月のことをすっかり忘れられていたとしよう。そしたら、元気よくわが家に飛びこんでいき、「ただいま！」とメアリーに声をかけていただろう。「きみは留守番してて正解だったよ。海辺はものすごく寒かったからね！」とはいえ、その場合、事実を思いだしたときに――しあわせな忘却状態をあらためて否定されたときに――耐えがたい痛みをおぼえることとなる。ふたたび、あのやりきれない知らせを耳にし、信じられないという思いを克服したあとで、その衝撃にうちひしがれることとなる。それでは、メアリーが二度死ぬようなものだった。

わたしはやかんに水をいれ、セントラル・ヒーティングの温度を調整し、荷解きのことを考えた。もちろんメアリーは、荷解きのひじょうに効率の良いシステムを完成させていた。そして、それは――すくなくとも、彼女の夫にとっては――ほとんど労力を要しないものだった。わずか一時間かそこらもしないうちに、すべての所持品が家のなかの所定の位置に戻っていた。わたしはこのシステムを、ひじょうに高く買っていた。なぜなら、基本的にわたしに求められるのは、荷解きの邪魔をしないことだけだったからである。わたしは、留守のあいだに溜まっていた手紙や請求書をもって書斎にひっこむ。そして、夕食の時間になってふたたび姿をあらわすと、空っぽになったかばんやスーツケースはすでに裏の寝室にしまわれ、洗濯機は忙しく回転し、洗面用化粧品はすべていつもの場所におさまり、本までもがいつでも本棚に戻せるように山積みされているというわけだ。この作業に、わたしはひとりで立ち向かえるだろうか？　横目でちらりと見ていた程度の知識で、メアリーのシステムを再現できるだろうか？　わたしは玄関にある箱とスーツケースの山に目をやり、その困難の大きさに思わずひるんだ。コテージでの生活を耐えられるものとするために、わたしは思いついたものをかたっぱしから愛車のおんぼろボルボに積みこんでいた。料理用の鍋、ラジオ、ノートパソコン、大量のタオル、箱いっぱいの本、大きな毛布一枚、携帯電話の充電器二台、箱いっぱいの文房具、そして犬用の餌皿とボールと玩《おも》具《ちゃ》とワトソンお気にいりのタオル。それらにくわえて、帰宅するときには、さらに荷物が増えていた。いうなれば、旅のみやげというやつだ。ポリッジやバターやティーバッグや卵といった使い切れなかった食料品を詰めこんだお決まりの袋。そしてもちろん、自炊が苦手でいやいや料理をする人が必ずといっていいほど持ち帰る、ほんのすこししか使われていない食器洗い用洗剤、ほとんど減っていないオリーブオイルの瓶、九十九パーセント残っている特大サイズのごくふつうの食卓塩。

これらすべてを整然と秩序だってかたづけていくだけの忍耐強さが、わたしにはあるだろうか？　答えはノーだ。その場合（とたずねてくるメアリーの声が聞こえた）、数週間かけてすこしずつ荷解きしていくほうがいいか？　これまた答えはノーだ。メアリー、きみもよく知っているとおり、それはわたしがいちばん避けたいと考えていることだ。いったん服が玄関のスーツケースからあふれだしはじめたら最後、わたしはすぐさま家を出て、車のなかで暮らさなくてはならないだろう。だが、いったいぜんたい、なぜいまわたしはこんなことに思いをめぐらせているのか？　こうしてあらたな悲しみに見舞われ、感情を抑えこむためにすわりこまずにはいられないでいるときに。その気になればほんとうの慰《なぐさ》めをあたえてくれていたかもしれないワトソンに、椅子の下から責めるようなまなざしでじっとみつめられているときに。

犬の名前を〝ワトソン〟にしようといいだしたのは、メアリーだった。はじめはただ、はしゃぐ子犬にむかって「さあ、ワトソン、おいで！　獲物が飛びだしたわよ（シャーロック・ホームズ・シリーズ。「アビー荘園」より）」といいたいがためだった。だが、これはかなり気の利いた思いつきであることがわかってきて、名前はそのまま定着した。わたしたちは嬉々として、犬にぴったりくるワトソン関係の引用を原典からさがしてきた。わたしのお気にいりは、「ワトソン、きみには沈黙していられるという偉大な才能がある。それゆえ、相棒としてはじつに貴重な存在だ」（「くちびるのねじれた男」より）だった。一方、メアリーは有名なあの電報による呼び出し――「ワトソン。都合がよければ、すぐにこい。悪くても、すぐにくるんだ」（「這う男」より）――を引用するのが好きだった。公園や森のなかでワトソンを紐からはずしているときに、よく大声で叫びさえした（メアリーは人からどう思われようと、あまり気にすることがなかった）。ほかの人たちが自分の犬を呼び戻すのに「モンティ！　お茶の時間よ、モンティ！」と叫ぶのに対して、メアリーは「ワトソン！　都合がよければ、すぐにきなさい！　悪くても、すぐにくるの！」と怒鳴るのだ。

あいかわらずワトソンにみつめられたまま、わたしは立ちあがった。玄関にいき、彼の餌と深皿のはいった箱を見つけだす。その箱の蓋《ふた》をあけたものの、わたしは欲しいものだけをとりだすと、罪の意識をおぼえながら、また閉じた。なにが起きようとしているのかを察知して、ワトソンが椅子の下から出てきたが、夕食をがつがつ食べると、またもとの場所にひっこんだ。いまこの時点では、彼の沈黙していられるという偉大な才能は、それほどの長所とは感じられなかった。わたしはふたたび腰をおろした。それから、また立ちあがってコートを脱ぐと、やっとのことで缶詰のスープをシチュー鍋にあけて火にかけた。それが温まるのを待つあいだに、薄暗い書斎にいってコンピュータのスイッチを入れ、溜まっていた二百十六通のメールをのろのろとダウンロードした。キッチンに戻ったとき、木のスプーンはすべてまだ荷物のなかだと気づいたので、それなしですませることにした。ふたたび腰をおろして、スープを直接すすりながら、〝やること〟リストを作成していこうとする。無意識のうちに、わたしの目は壁の上のほうへとむけられていた。そこに、〝買うもの〟、〝やること〟、〝対処すること〟という見出しのならんだ黒板があることを――そして、お隣さんの鍵がかかっているはずの釘《くぎ》があることを――なかば期待するかのように。だが、もちろん、ここはウィギーの姉のコテージではないので、そのどちらもなかった。頭のなかでいくらはっきり見えていようとも、自分が生まれてから一度もその光景をじかに目にしたことがないのは、否定しようのない事実だった。

ウィギーとロジャーの件にかんして、わたしはまだなにも決めていなかった。だが、わたしの本能は強くこう訴えかけてきていた——忘れろ。ウィンタートン博士のファイルとその中身のことは、すべて忘れてしまえ。この件に固執して、なんの得がある？　そもそも、それが事実がどうかすらわからないではないか？　それに、どうしてファイルはわたしに送られてきたのか？　誤送信だったのではないか？　わが家にむかって車を走らせるあいだ、わたしはずっと頭のなかで対話をつづけていた。ウィンタートン博士は、いま危険で切羽詰まった状況に置かれているのか？　よせ、そんなことは考えるな。ウィンタートン博士は、おまえにとってなんの意味もない人物だ。彼の名前から連想するのは丁子《クローヴ》の匂いくらいしかない、と自分でも認めていたではないか。ウィンタートン博士と組んで著作を発表していたペプロウ教授が死ななければならなかったのは、たしかに残念なことだ。とはいえ、教授が自殺の手段として毒ニンジンをえらんだのは、じつに洗練されているといわざるをえない。なぜジョーは携帯電話を充電器にセットしてから隣のコテージにいき、地下室に隠れたのか？　どうして携帯電話をいっしょにもっていかなかったのか？　たしかに、その点は不可解だ。まるで筋がとおらない。だが、答えは永遠に知りようがないのだから、とにかくもう考えるな。そもそも、なぜジョーは隣のコテージの地下室がいい隠れ場所だと思ったのか？　理由は見当もつかない。その地下室には自分を生き埋めにする可能性のある重たい跳ね上げ戸がついているとあっては、なおさらだ。ウィギーが跳ね上げ戸をあけたときに目にした光景を想像してみろ。いや、よせ。想像するな。ウィギーが数日間かりかりとひっかく音を耳にしつづけていたのは、覚えているよな？　もしも彼があれほど愚かでなければ、自分の姉を救えていたかもしれない！　そんなことをいうんじゃない。頼むから、そんなふうに考えるな。穴で迎えた死が最悪だった、とロジャーはいっていた。今度は猫の言葉を引用しようというのか。しかも、存在しえない猫の言葉を。だから、もうよせ。いいか、こういったことすべては、ロジャーという邪悪なしゃべる猫がいるという、まったく受けいれがたくて馬鹿げた前提のもとに成り立っている話なのだ。一九三〇年代にバイロン卿よろしくヨーロッパ本土をロマンチックに旅してまわり、いま現在は『テレグラフ』の難解なクロスワード・パズルを毎日解いている猫がいるという前提のもとに。

午後六時に、玄関の呼び鈴が鳴った。ご近所さんのひとりだった。トニー何某《なにがし》だ。彼と奥さんは六年ほどまえから隣の家に住んでいるので、苗字くらい知っていて当然だとは思うのだが、あいにく、その手のことはメアリーにまかせきりにしていた。わたしはワトソンを抱えあげてしっかりと押さえこんでから、ドアをあけた。メアリーもわたしも、玄関のドアがあいているときにワトソンが外へ駆けだしていくのを恐れており、かならず抱えあげるようにしていた。

「アレック」トニーがいった。「明かりがついてるのが目にとまったもんだから」

失礼。そういえばまだ、わたしは名乗っていなかった。おそらく、これが自分の話ではないからだろう。

「なにも問題ないのかな?」トニーが訊いてきた。彼と奥さんのエレノアは、メアリーが亡くなってからわたしのことをなにかと気にかけてくれていた。あの運命の日に救急車を呼んでくれたのは、エレノアだった。彼女は二階の窓から外を見ていて、メアリーが裏庭で倒れているのを発見したのだ。メアリーの心臓は、ただ止まってしまっていた。それが診断だった。ただ止まってしまった。いまこうしてトニーといっしょにいると、彼の奥さんに一度もその件でお礼をいっていなかったことに気がついた。きちんと話をしてさえいなかった。彼女はわたしのことを恩知らずで失礼な男だと考えているのではないか? それとも、誰かが亡くなるとやることがたくさんあって、なかでも人とむきあうのがいちばん大変だということを、理解してくれているのだろうか?

いまでもまだ人と話をするのは億劫で、トニーとも顔をあわせたくなかった。なにをしゃべったらいいのか、わからなかった。

「ちょうどスープを飲んでたところでね」わたしはいった。「寄ってくかい?」

「いや、いいんだ。大丈夫」トニーはそういいながらも、あいかわらず戸口の上がり段のところでぐずぐずしていた。そして、それはかなり迷惑だった。おかげで、わたしは犬を抱えつづけていなくてはならず、せっかく暖めた玄関の空気がどんどん外に逃げだしていたからだ。

「海辺はどうだった？」トニーがたずねてきた。

「すこしわびしかった」わたしはいった。「ほんとうに寄ってかなくても――？」

「確認しにきただけなんだ。きみから聞いてた予定よりも、帰りがすこしはやいから」

「そうなんだ。飽きてしまって」

「そうか。今度ぜひ夕食にきてくれ」

「ありがとう」わたしは腕に抱えている犬のほうに目をやった。こちらとしては、そろそろドアを閉めてワトソンを床におろしたいと考えていることを、ほのめかしたつもりだった。だが、トニーの受けとめ方はちがった。

「ワトソンもいっしょに」

「ああ。ありがとう」

トニーはむきなおって帰りかけてから、もっとなにかいうことにしたようだった。わたしは身構えた。メアリーへの賛辞を聞かされるのではないかと思ったからである。だが、そうではなかった。

「きみをさがしている人がいた」トニーはいった。

「わたしを？」

ワトソンを抱く腕に思わず力がはいったが、それ以外の反応は表にださないようにした。

「きみが遠くに出かけていることを告げると、彼はまたくるといっていた」

「なるほど。そいつは手間をかけたね」わたしはほほ笑もうとしたが、実際に感じていたのは——なんだろう？　白状すると、わたしは興奮していた。謎の訪問者？　すこしまえまではロジャーのファイルのことを二度と考えるなと自分に言い聞かせていたのに、いまは自分をさがしていた男のことを考えて、内心わくわくしていた。訪ねてきたのがウィンタートン博士だとしたら？

「その男性は……かなり年がいってたかな？」わたしはいった。

トニーが笑った。「そりゃもう！」

わたしも笑った。「すこしむさくるしかった？」

「そりゃもう！」

「身なりがだらしなかった？」

「ああ、そりゃもう！」

わたしがその男のことを知っているので、トニーはほっとしたようだった。

「彼がいうには、彼とメアリーは友だちだった？」トニーがいった。今風に語尾がすこしあがっていたので、どうやら質問のようだった。

「そうなんだ」わたしはいった。すごく上機嫌な声で、実際そう感じていた。どういうわけか、ウィンタートン博士の訪問を知って、わたしの気分は明るくなっていた。

「メアリーといっしょに、図書館でなにかのプロジェクトに取り組んでいたのだとか」

「そう」わたしはいった。「図書館のプロジェクトだ」

トニーが小道をひき返していき、わたしはドアを閉めた。そして、ワトソンを床におろすと、笑った。ワトソンはもの問いたげにこちらを見あげて尻尾をふっていたが、獲物が飛びだしたことで自分がこれほどの幸福感をおぼえている理由を彼に説明するのはむずかしかった。自分でもまったく理解できていなかったからだ。まさか、わたしは邪悪なロジャーの件にもっと深入りしたいと考えているのだろうか？　結局、なにかをいうためだけに、わたしはメアリーがワトソンにむかってよく口にしていた文句を拝借させてもらった。庭を掘りかえして泥だらけになって戻ってきたワトソンへの決まり文句だ。

「これはこれは」わたしはいった。「お見受けしたところ、あなたはアフガニスタンにいらしたようだ」（「緋色の研究」より）

結局、ウィンタートン博士が再度わが家を訪ねてきたのは、それから三日後のことだった。もしかすると、彼はわたしに荷解きの時間をあたえたくて、すこし間をあけたのかもしれない。荷解きはひどく時間がかかって気のめいる作業であることが判明しており、それでいっそう、メアリーに対するわたしの愛は強まっていたのだ。彼女はこんなに大変なことを、わたしのかわりに文句もいわずに何度もやってくれていたのだ。わたしは博士の来訪を待つあいだ、いつもどおりの生活を送ろうと心がけた。だが、家にいると、喪失感がこれまで以上に身近に感じられた。夜はテレビを観ようとしたが、すぐにあきらめた。どんな番組も、わたしには刺激が強すぎたからだ。自然ドキュメンタリー。刑事ドラマ。なかでも最悪なのがニュースだった。どのニュースでも、情け容赦なくおなじテーマが強調されていた。死だ。どこもかしこも死だらけで、とても耐えられなかった。雪のなかで飢えに苦しむ幼いシロクマ。都会の地下道で刺し殺された売春婦。ねじ回しで武装した十代の精神病質者を家に招きいれてしまった老齢の年金受給者。唯一の頼みの綱はクイズ番組だったが、残念ながらこれも駄目だった。その昔、《大学対抗チャレンジ・クイズ》を観ていたときに、メアリーがあるゲームを考案していた。科学の問題のときにふたりで同時に答えを口にし、それぞれのまぐれあたりの正解数を競いあうのだ。やがて、わたしたちは数学の問題の種類を見分けるのが上手くなり、脈のありそうな問題のときにかわりばんこに「マイナス1！」と叫ぶようになった（奇妙にも――だが、実際に――これはxやyのならぶちんぷんかんぷんな問題に対する正解であることが多かった）。わたしたちは天文学の問題ではうつろな笑い声をあげ、歴史や文学の問題では本気でせりあった。わたしはメアリーがショックを受けるくらい美術にかんして無知で、わたしたちはどちらも笑ってしまうくらい、有名な曲から偉大な作曲家の名前をあてるのが苦手だった。わたしは美術の問題で定期的に「ジョット（イタリアの画家、彫刻家、建築家）！」と叫び、メアリーは音楽関係の問題でかならず「ハイドン！」と口にした。彼女が亡くなるすこしまえに、〝マイナス1〟と

〝ジョット〟と〝ハイドン〟がすべて第一段階のクイズの正解だったことがあった。わたしたちは大笑いした。それは、希望が無知に勝利した瞬間だった。

文学といえば、メアリーの死後、わたしは気がつくと、ハムレットが口にするふたつの台詞のことばかり考えている。ひとつは「すべてのことがわたしを告発している」、もうひとつは「人間の一生はたかだか〝ひとつ〟というくらいしかない」だ。『ハムレット』を書いたとき、シェイクスピアは親しい人に先立たれていたわけではなかった（もしくは、そういう状況にある必要はなかった）、というのが現在の考え方の主流であることは承知している。だが、ふたつめの台詞から、わたしはそうであったにちがいないと確信している。メアリーを失って以来、わたしは人がつまらないことで大騒ぎしているのを見ると、我慢がならない。われわれが一瞬にしていなくなってしまう存在であることを、どうしてかれらは気づかずにいられるのか？ それがどのようなものであれ、わたしは愚かしさや残酷さをまえにすると、絶望感をおぼえずにはいられない。存在のはかなさといえば、ある朝、それを強く意識させられる出来事があった。ワトソンといっしょに新聞販売店にむかって歩いていたときに、自転車が彼をかすめるようにしてものすごい勢いでとおりすぎていったのだ。わたしは怒って怒鳴りつけるかわりに、ただもう全身から力が抜けてしまった。バス停のベンチにすわりこんで、震えが止まるまでワトソンを抱いていなくてはならなかった。これこそが、人生のはかなさの実態だ。五十三歳の才気あふれる非常勤の女性司書が庭の小道のわきの雑草を抜いていたかと思うと、つぎの瞬間には、ただの土くれになっている。胸で鼓動していた心臓が、つぎの瞬間には、生命を失ってぐったりと動かない血と肉の塊《かたまり》になっている。「わたしは〇〇です」といえていたのが、つぎの瞬間には、一人称も現在形も使えなくなっている。主語としてどのような動詞にもかかわる権利を失っている。

ウィンタートン博士がなかなかあらわれないので、それを待つあいだに、わたしは図書館のかつての同僚たちを訪ねてみることにした。すでにすっかりご無沙汰している感があったし、慣れ親しんだ建物にいれば元気づけられるかもしれないと考えたのだ。だが、それはとんだ思い違いだった。かつての勤務先にいくと、たいていは幽霊になったような気分にさせられるものだ。したがって、それでなくても幽霊のような気分でいるときにそんなことをするのは、まさに愚の骨頂だった。わたしは障壁に突き当たるたびに、ひき返したくなった。図書館の回転木戸のところにいたのは、あたらしい警備員だった。利用者デスクにいたのは、あたらしい助手だった。そのどちらでも、わたしは気まずさをおぼえながら、自分が何者かを説明した。それから、内線による身元確認という屈辱に耐えたあとで、仮利用者カードの申し込みを求められた！　「わたしは三十年間、定期刊行物の部署を仕切っていたんだ」わたしはいった。「退職したのは、ついこのあいだのクリスマスのことだ」だが、それは虚空にむかってしゃべっているも同然だった。これらの障壁を突破すると、ありがたいことに、図書目録の置かれた風格ある大理石造りの大広間では、よりわが家にいるような感覚を味わうことができた。とはいえ、外の寒さに較べると館内はあまりにも暖かくて息苦しかったし、家具用の艶出し剤の匂いと体臭がやけに鼻についた(おそらく、まえからずっとそうだったのだろう)。あたりを見まわすうちに、わたしは気が遠くなりはじめた。もっと薄手のコートを着てくればよかったと後悔していた。副司書のアヴリルはわたしを歓迎してくれたが、ゆっくり話をする間もなく、コピー機と格闘している学生に対処するために呼ばれていった。かつて定期刊行物部門でわたしの助手をしていた――そして、いまは調査サービス部門の長である――ジェイムズのことをたずねると、あいにく彼は会議中だった。そういうわけで、わたしがどうしてこんな不必要な精神的試練にみずから飛びこんだのかを自問していると、ちょうどそこへ、メアリーの元同僚でいつも夢見がちなトーニーがとおりかかった。正直なところ、トーニーのことは忘れていた。彼女は、とくに記憶に残しておきたいと思う人物ではなかった。

「トーニー」わたしはそういうと、心にもない笑みを浮かべてみせた。「調子はどうだい?」

そのモリフクロウ《トーニー・アウル》を連想させる名前ゆえに、わたしはつねづね彼女を不憫に思っていた。おそらく、無責任なヒッピーの両親が得意顔でつけた名前なのだろう。いみじくもバーティー・ウースター（P・G・ウッドハウスの小説に登場するお気楽な若い貴族）がいっているとおり、ときとして聖水盤のところでは、がさつなことがおこなわれるものなのだ（『ジーヴスと封建精神』）。

「アレック！　あらまあ。ちょうどあなたに電話しようと思ってたのよ」

「ほう？」わたしはいった。

トーニーのしゃべり方は歌うような感じで、目はいつでも大きく見ひらかれていた。口もとをすぼめて滑稽《こっけい》な表情で相手をみつめているところは、ディズニーの古典アニメに出てくる子猫にそっくりだった。腰まである長い髪をそのままおろしていて、化粧はまったくしておらず、雪の日でもバレエシューズをはいていた。年齢は四十五歳くらいか。メアリーは彼女と働いていて、よく頭がおかしくなりそうになっていた。

「あらまあ。また顔をだしてくれて、うれしいわ。あらまあ。ワトソンは元気かしら？」

「ありがとう。絶好調だよ」

トーニーがわたしを指さした。「ちょうどあなたに電話しようと思ってたの」とふたたびいう。

「そうか。そいつはどうも」

「見ていく時間はあるかしら？」

「見るって、なにを？」

「そのために電話しようとしていたものをよ」トーニーがいった。

わたしは今回、はじめてためしに図書館を再訪するにあたって、大閲覧室をのぞく危険は冒すまいと決めていた。だが気がつくと、こうしてメアリーのかつての縄張りに足を踏みいれていた。重たい自在扉を抜けて、完全に密封された世界に――羽目板と高窓と本の埃と艶出し剤と体臭と絶え間なくつづくキーボードの小さなかたかたという音からなる世界に――きていた。長年のあいだに、大閲覧室の利用法は否応なしに変化してきていた。静寂の支配する読むための部屋から、静寂の支配する書くための部屋になっていた。だが、真剣さは変わっていなかった。ほかの数多くの大学図書館がインターネット・カフェのようになっているのに対して、ここの大閲覧室は真面目で孤独な学びの場でありつづけていた。メアリーはここでの仕事に――ひじょうに高度な認知処理の作業を統轄するという仕事に――うってつけの人物だった。ほかの人なら気おくれをおぼえたかもしれないが、彼女はちがった。部屋の両側にはそれぞれ独立している鍵付きの閲覧机がならんでいて、メアリーはそれらを自分の裁量で研究生や学者に割りふることができた。その役職についた彼女から、学生たちがこぞって個別閲覧机に殺到するわけではないことをはじめて聞かされたとき、わたしはひどく驚いた。本棚とランプと机のそろった自分だけの羽目板張りの小さな部屋を図書館のなかにもつというのは、すべての篤学《とくがく》の士の夢に思えたからである。とはいえ、その使用料が、みんなに二の足を踏ませているのかもしれなかった。理由はどうであれ、個別閲覧机にはしばしば空きがあった。そして、メアリーが話してくれたところによると、ときおり彼女は使用されていない個別閲覧机の鍵をあけてなかにはいりこみ、そこに二時間ほど閉じこもっていた。「ただもうトーニーから逃れたい一心で」というのがメアリーの弁だった。

いまトーニーに連れてこられたのは、その個別閲覧机の列のまえだった。彼女の手には鍵が握られていた。

「ほんと、すごく不気味なの」トーニーがささやき声でいった。「きっと週末に起きたにちがいないわ。ほら、メアリーが──ああなる直前の週末に」

トーニーが言葉を濁《にご》した。彼女がはっきりといえなかったので、わたしがかわりにそうしなくてはならなかった。自分がこうなってからはじめて知ったのだが、人は悲嘆に暮れているとき、その時間の半分をまわりの人たちの感情を慮《おもんぱか》ることに費やすようになるのだ。

「メアリーが亡くなる直前の週末ってことかな?」わたしは助け船をだした。

「ええ」

わたしは身構えた。あたりを見まわす。トーニーがなんの話をしているのか、まださっぱりわかっていなかった。〝週末に起きたにちがいない〟と彼女はいっていたが、なにが起きたというのか? この閲覧室で過去百年ほどのあいだに起きたことといえば、途方もない精神集中くらいのものだ。わたしたちは十七番の個別閲覧机のまえにきていた。そういえば、メアリーがふざけて〝ひきこもる〟といっていた小さな個人的な空間が、ここだった。わたしはもうすこしで、鍵をまわそうとするトーニーを制止しかけた。自分はこれに立ち向かえるだろうか？　ここにメアリーの私物があって、それでまたあらたにつらい思いをすることになったら？

「それでね」トーニーがものすごく小さな声でいった。「決定的なのは、管理人さんが見たっていってることなの。管理人さんは図書館のなかを猫がうろついてるのを見かけて、捕まえようとしていた。でも、こんなことになってるとは予想もしていなかった」

「猫？」

「しーっ」トーニーがいった。わたしは声を抑えるのを忘れており、利用者の何人かがあたりを見まわしていた。わたしはその視線を受けとめて、小さく謝罪のしぐさをしてみせた。

わたしの突然の大声の埋めあわせをするかのように、トーニーがさらに声をひそめていった。もはや、口だけ動かしているのとほとんど変わらなかった。「その猫がどうやってなかにはいったのかは不明よ」その大きく見ひらいた目で、わたしの目をのぞきこむ。「でも、監視カメラに写ってたわ。ものすごく大きな猫よ。とにかく、匂いがすこしきついから、覚悟して――」

「トーニー、ちょっと待って――」だが、わたしの言葉は遅すぎた。彼女はすでにドアをあけていた。

「ああ、こりゃひどい」わたしはそういって、うしろによろめいた。

「アレック！　ほら、はやくすわって。ごめんなさい。ここにいて。いま人を呼んでくるから」

「いや、いいんだ。いかないでくれ」わたしはいった。「それにしても、なんてひどい」

わたしはドア枠につかまり、反対の手で顔を覆ったまま、個別閲覧机の内部の様子を理解しようとした。いちばんいいのは、羽目板張りのきれいにかたづいた小さな部屋を、ジャングルの空き地に一週間ほったらかしにしておいたところを想像してもらうことだろう。そのあいだに、巨大な野生動物たちがかわるがわるなかで暴れまわり、大量殺戮《さつりく》をおこない、そこをトイレ代わりに使用していたら……。わたしの目のまえにある狭い室内は、まさにそういった様相を呈していた。完膚なきまでに破壊され、汚されていた。深くえぐられ、ばらばらにされた壁。ひき裂かれて散乱した書類。爆発でもしたかのような本。弧を描いて飛び散った血。悪臭の原因となっているのは、もちろん猫の小便だった。このような激しい攻撃にともなうであろう猫の甲高《かんだか》い鳴き声やわめき声が、いまもまだ聞こえそうな気がした。いったい、どれだけでかい猫だったんだ？　クマよりも小さな動物にこれほどの破壊行為をおこなえるとは、とうてい思えなかった。壁には、ゆうに十五センチはある爪あとがいくつも残されていた。しかも考えてみれば、これらの暴力は——ある意味——メアリーに対してふるわれたのだ！

「わたしがいちばんぞっとさせられたのは、これよ」トーニーがそういって、顔をしかめながら机を指さした。猫が侵入したとき、机のひきだしには鍵がかかっていたにちがいなく、その周辺は深いひっかき傷だらけだった。そして、そこには巨大な鉤爪《かぎづめ》が残されていた。どうやら、あまりにも深く木に食いこんだため、ひき抜くことができなかったらしい。その根元には、乾いた血がこびりついていた

「自分でも馬鹿げているとわかってるんだけど」トーニーがささやき声でいった。「まるで猫はひきだしのなかにはいりたがってたみたい」

「なかには、なにが？」わたしはたずねた。

「なにも。空っぽよ」トーニーはそういって、ひきだしをあけてみせた。

もうじゅうぶんに見せたと判断したらしく、トーニーは個別閲覧机のドアをもとどおり閉めると、わたしを大閲覧室の隅へと連れていった。そこでなら、もうすこし大きな声でしゃべることができた。わたしには、どうしても訊いておかなくてはならないことがあった。

「メアリーは知ってたのかな？」わたしはいった。「ああ、トーニー、彼女はこれを見たのか？」

「たぶん」トーニーがいった。

「なんてことだ。ああ、メアリー」

「じつをいうと、わたしには確信があるの。あれは月曜日の朝だった。覚えているかしら？　あの日、わたしはあなたに内線して、メアリーが気分が良くないといって早退したことを伝えた」

もちろん、覚えていた。その日の午後に、メアリーは亡くなったのだ。

「ほら、これが起きたのは週末にちがいないといったでしょ。わたしは、メアリーが月曜日の朝に鍵をもってここへむかうのを見たの。ほかのことをしてたから、あまり注意を払っていなかったけど、彼女は間違いなく、すぐに質問デスクにひき返してきた。そして、気分が良くないといった。その手には、なにかが握られていたわ。たしか、例の古めかしい外箱にはいった薄手の小さい判型の本よ。彼女はそれをもって、質問デスクの奥の螺旋《らせん》階段をのぼっていった。そんなことを覚えているのは、彼女がふだん螺旋階段を避けて遠回りするほうを好んでいたからよ。彼女はしばらく戻ってこなかった。それから、螺旋階段をおりてくると、帰っていった。そして——ああ、アレック、それが彼女を見た最後だった！」

トーニーの頰《ほお》をひと粒の涙が伝い落ちていった。おそらく彼女は、ずっといっしょに働いていたメアリーに好意を抱いていたのだろう。そんなこと、いままで考えもしなかった。わたしはぎごちなく彼女の肩を軽く叩いた。

「あの日、メアリーは鍵をそのまま持ち帰ってしまったの。そんなこと、しちゃいけないんだけど。それで、数日前にアヴリルが合鍵のことを思いつくまで、個別閲覧机のなかがあんなふうになっていることがわからなかったのよ。もちろん、あの悪臭にはみんな気づいていたけど、その発生源が個別閲覧机だとは考えていなかった。ほら、利用者のなかには——いるでしょ」

わたしはうなずいた。そのことなら、よく知っていた。

「とにかく、あそこは学生のいない日曜日にきれいにする予定よ。なかにあった本の惨状を見た？」

わたしはまだショックから立ち直っておらず、「頭が働かないんだ」といった。荒らされたのがメアリーのこもっていた個別閲覧机であるのは、間違いなかった。残骸のなかにあった紙片に、彼女の筆跡が見えたからだ。だが、彼女はそこでなにをしていたのか？なぜそのことについて、わたしに嘘をついていたのか？　ウィンタートン博士といっしょに〝プロジェクト〟に取り組んでいたというのは、ほんとうだったのか？　だとすれば、なぜわたしにそのことを黙っていたのか？　わたしは猛烈に腹が立っていた。メアリーはなにに手をだしていたのか？　そして、ひいては、なににわたしを巻きこんだのか？　あの個別閲覧机を破壊したのは、怪力無双の巨大な猫だった！　その点に疑問の余地はなかった！　ああ、なんということだ。この瞬間まで、キャプテンが実在するか否かは、わたしにとっては大きな関心事ではなかった。その存在を信じようと信じまいと、どちらでもよかった。わたしにはなんの関係もなかった。だが、いまや信じないわけにはいかなくなっていた。なにせ、実際にこの目で、図書館の古くて趣《おもむき》のあるオーク材の家具に残された鉤爪を見たのだから！

「もう一度なかを見せてもらえるかな、トーニー？」わたしはいった。「メアリーがあそこでなにをしていたのか、突きとめないと」

トーニーが顔をしかめた。「なかのものに触れるのは、まずいんじゃないかしら、アレック」

「どうしても見たいんだ」わたしは食いさがった。

「うーん、ごめんなさい」トーニーがいった。「そもそも、あれは誰にも見せちゃいけないものなの。ただ、あなたには知らせるべきだと思ったから」

「監視カメラの映像は見せてもらえるかな？」

「まさか、無理よ！」

まったくもって、苛立たしい状況だった。

「わかった。せめて、あそこにある本がどこからきたものかを教えてもらえないか？」わたしはいった。「知ってるかい？」

「ええ、もちろん」ありがたいことに、トーニーはその情報をわたしに伝えてもなにも問題はないと考えているようだった。「本はどれもシーウォード・コレクションのものよ」

わたしは目を閉じて、深ぶかと息を吸いこんだ。

「そうか」わたしはいった。「シーウォード・コレクションね。さもありなんだ」

シーウォード・コレクションは世界的に有名な蒐集品で、これをそろえた蒐集家が亡くなった一九六〇年代に図書館に遺贈された。それ以来、この〝秘儀《アルカナ》〟に分類されるコレクションは、図書館の書庫の奥深くにある六メートル四方のスチール製の金網の檻《おり》のなかに保管されていた。これを蒐集したジョン・シーウォードは、もはや誰もがよく知る人物ではなくなっているが、両大戦間のイギリスでは有名なジャーナリストであり、〝幽霊研究家〟であった。アレイスター・クロウリーのような自称〝悪魔主義者〟を見かけたら、さっさと逃げだすのではなく、お友だちになろうとする人物だ。彼のコレクションは、ここへくるまえにはオカルト作家のデニス・ホイートリーにも利用されていた。ジョン・シーウォードが集めていたのは古代の秘教にかんする本で、それ以外にも幽霊、魔女、悪魔の儀式などをとりあげた本がそろっていた。図書館のオンライン目録では、シーウォード・コレクションの本は手描きの五芒星形のマークで示されている（このマークは壁に描かれた五芒星形から血が筋となって垂れ落ちているというかなり扇情的なもので、物議を醸《かも》すこととなった）。長年にわたって、われわれ職員の多くはこのコレクションが尊敬すべき学術図書館にふさわしくないと考え、それを撤去するか売却するように強く求めていた。

「大丈夫？」トーニーがたずねてきた。

わたしは笑みを浮かべてみせたが、当然のことながら、すこし動揺していた。

トーニーがわたしを元気づけようとしていった。

「結局、被害を受けたのは本と書類だけだったわ、アレック。誰も怪我はしていない。たぶん、猫はあそこに閉じこめられて、逆上してしまったのね。わたしの叔母さんがフランスに家をもっているんだけれど、ひさしぶりにそこへ戻ってみたら、たった一羽の小鳥によって室内がめちゃめちゃにされてたことがあったわ。小鳥は煙突からはいりこんだらしくて、死ぬまえにそこいらじゅうに糞をして、叔母さんのお気にいりのものを壊していた。そして、最悪なことに、本の背をすべてついばんでしまっていた」

わたしはすばやく考えなくてはならなかった。

「ジュリアンは、きょうきてるのかな？」

ジュリアン・プリドーは特別コレクションの管理責任者で、その姿を職場で見かけることはめったになかった。メアリーとわたしは彼のことが大嫌いだった。彼は、自分の椅子の背に擦《す》り切れたぼろぼろのカーディガン（ふけ付き）をかけっぱなしにしておけば——ときには、何週間もそのままになっていることもあった——われわれがその素晴らしいはったりにひっかかり、「ほら！　カーディガンがある！　だったら、彼はちょっと席をはずしているだけだな！　なにせ、このふけはすごく新鮮だから！」と叫ぶとでも考えているかのようだった。彼がどうやっていまの地位を維持しているのかは、謎だった。彼は部門会議に一度も顔をだしたことがなく、この男は地球上でいちばん怠惰な司書であるという点で、メアリーとわたしの意見は一致していた。彼がきょう図書館にきているのかをトーニーにたずねるのは、ある意味では楽しかった。トーニーもわたし同様、暦月の綴《つづ》りにどんな文字がふくまれていようとも、その答えが〝いいえ〟であることを知っているはずだからだ（これが〝いまは牡蠣《かき》を食べられる月か？〟という質問ならば、暦月の綴りに〝r〟がふくまれているときの答えは〝はい〟になる）。

「よくは知らないけれど、たぶんきてないんじゃないかしら」トーニーが慎重に言葉をえらびながらいった。「でも、いいかしら、ジュリアンはあそこで起きたことについて、なにも知らないの。なかを見たのは、ほんとうにひと握りの人だけよ。なにをどうするかを決めるのは、日曜日になかをかたづけて本の状態をもっとよく把握してからになるわ。アレック——」トーニーがその大きな目をわたしのほうにむけ、心配そうな表情を浮かべた。「グラスにお水を用意するから、あなたはそれを飲んで、もう家に帰ったほうがいいわ」

　わたしはおとなしくトーニーのあとについて職員用の休憩室にいくと、水を飲んでから、もうすっかり気分が良くなったことを彼女に告げた。「個別閲覧机の状態を見て、ショックを受けたんだ。それに、そのまえから図書館のなかが息苦しく感じられていてね。今度くるときは、忘れずにコートを地下の利用者用クロークルームに預けてくるよ！　以前は自分のオフィスがあって、そこにコートを掛けることができたから、ついうっかりしてたんだ」トーニーはその説明に満足したらしく、わたしを解放してくれた。わたしがそのまままっすぐ家に帰ると思っていたのだろうが、申しわけないが、それはきわめて意図的にわたしがそう誤解するように仕向けたからだった。

一時間後に実際に図書館をあとにしたとき、わたしの心は千々に乱れていた。そこで気づいたのだが、わたしは図書館に勤務していたあいだ、一度もそこを利用して情報を得ようとしたことがなかった。だが、いざその機会が訪れたとき、わたしには有利な点がいくつもあった。なによりもまず、わたしは内部事情につうじていた。たとえば、ジュリアンのオフィスにはいつも鍵がかかっていないこと、そこへは階段Bをとおってたどり着けること、たとえジュリアンがまえにも述べたとおりこの世でいちばん怠惰な司書だとしても、わたしの愛しい妻メアリーはこの世でいちばん几帳面な司書であることを、わたしは知っていた。もしもメアリーがシーウォード・コレクションから本を借り出したのだとすれば、きちんとその記録を残しているだろう。わたしは盗人よろしく――ただし、まったくストレスを感じることなく――ジュリアンのオフィスに侵入すると、二分もしないうちに、メアリーが借り出した本のリストを手にいれていた。ジュリアンの古ぼけた登録台帳に、メアリーの手書きの文字で――おそらくジュリアンは、そのときたまたま席をはずしていたのだろう――すべてきちんと記帳されていたからである。わたしはすばやく、それらの書名を書き写した。本の大半は埋葬の考古学にかんするもので、それはウィンタートン博士の専門分野(〝死後の生活における伴侶としての動物〟)と一致した。なかには、メアリーには読むことのできないドイツ語の本も何冊かあった。

だが、わたしが興味をひかれたのは、メアリーが最後に借り出した本だった。それはジョン・シーウォード自身が著した薄い小冊子で、一九六〇年に自費出版された小部数の稀覯本《きこうぼん》だった。その書名を目にしたとき、わたしの心は沈んだ――『九つの生　悪魔の贈り物』。ああ、メアリー。メアリーは書名のとなりに本の判型やページ数を丁寧に書きこんでいた。いかにも彼女らしかった。こういった薄い小冊子というのは、なんのかんのいって、簡単にどこかに紛《まぎ》れこんでしまうものなのだ。その書きこみによると、『九つの生』は八つ折判で、わずか十六ページしかなく、木版の挿絵がついていた。オンライン目録でもっとくわしいことを調べようとしたが、『九つの生』は掲載されていなかった。なんとも歯がゆかった。わたしはもどかしさをおぼえながら、〝邪悪　猫〟とか〝猫　邪悪〟とか〝邪悪　しゃべる　猫〟といった単語の組み合わせで検索をかけていった。成果はゼロだった。だが、さいわいにもわたしは、シーウォード・コレクションのような寄贈された蒐集品の場合、最初に分類したときのカード目録がおそらく保存されたままになっているのを知っていた。シーウォード・コレクションのカード目録は、すぐに見つかった。実際、ジュリアンの机の奥に積みあげられた埃まみれの箱のひとつがそれだった。あまり大切にあつかわれてきたようには見えなかった。箱のなかには複数のカードひきだしがあり、そのうちのひとつには、奥のほうに細々としたもの――留め具付きの古い革製品やら漆喰《しっくい》でできた小さな彫像やら――が押しこまれていた。わたしは一枚ずつカードをめくっていき、ついにお目当てのカードをさがしあてた。それをひきだしからとりだして、五階にあるコピー機のところへもっていく(運良く、そこでは誰も知っている人と出くわさずにすんだ)。それから、急いでジュリアンのオフィスにとって返し、カードをひきだしに戻した。

だが、そのまえにカードに記されたきわめて特異な分類が目にとまった。

それは、いままで耳にしたことはあるものの、一度もお目にかかったことのない分類だった。マサチューセッツにある偉大なるボストン公共図書館が、十九世紀にはじめて導入したものだ。シーウォード・コレクションのほかの本は、昔ながらの〝ビーチャム〟・システムにしたがって分類され、目録に掲載されていた。そう、あの長ったらしい請求記号というやつを使って。たとえば――

シーウォード
W55a
Gruns　934

――といった具合に。

だが、『九つの生　悪魔の贈り物』の場合は、カードの隅にたったひとつの言葉が赤いインクで押されているだけだった。**地獄**《インフェルノ》。そして、その意味するところははっきりしていた。

燃やすべき本。

実際のウィンタートン博士は、わたしの記憶にかろうじて残っていた印象とはまるでちがっていた。たしかに、かなり年がいっていて、すこしむさくるしく、身なりがだらしなかったが、わたしが考えていたような背が高くて痩せこけた幽霊みたいな人物ではなく、頭が大きくて血色の良い小男だった。わが家を訪ねてきたとき、彼はダッフルコートに園芸用の帽子と泥だらけの長靴という出で立ちで、わたしの予想を大きく裏切ってくれた。どういうわけか、わたしは修道士のような畏怖の念を抱かせる人物を想像していたのである。鉄灰色の長い髪。広いひたい。黒ぐろとしたげじげじ眉《まゆ》。要するに、《ロード・オブ・ザ・リング》のクリストファー・リーと《ハリー・ポッター》シリーズの吸魂鬼《ディメンター》をかけあわせたような男だ。だが、ウィンタートン博士によく似た児童文学の登場人物がいるとしたら、それはくまのパディントンだった。

ウィンタートン博士は、わたしが図書館に出かけた日の夕刻に訪ねてきた。ちかづいてくる足音に反応して、ワトソンが吠えた。わたしは深く息を吸いこみ、ワトソンを抱えあげ、期待してドアをあけた。すると、外の小道に男が立っていた。男はマークス＆スペンサーの使い古した買い物袋のなかを上の空でかきまわしていたが、顔をあげると手を止め、大きくにっこりと笑ってみせた。わたしは困惑していた。この男がウィンタートン博士なのだろうか？　それとも、市民農園から帰る途中で記憶喪失にかかって、たまたまうちのドアをノックした人物なのだろうか？

男は自分のことをウィンタートン博士だと考えているようだった。

「どうも」男は温かい口調でいった。「アレック、ようやくきちんとお会いできた！」握手しようと手をさしだしてくる。「それに、わが友、ワトソン！　元気か？　おい、こら。元気か？」わたしの左腕に抱えられていたワトソンが猛烈な勢いで尻尾をふりはじめた。

わたしは彼の手を握った。「ウィンタートンさん？」確信がもてないままいう。

「ええ、そうです」男はそういうと、ふたたび買い物袋のなかをかきまわして、さがしていたものを見つけた。ワトソンにあげる犬用のビスケットだった。

「よし、あったぞ。あげてもかまいませんか？」

わたしはあっけにとられていた。

「えーと。ええ。いいですよ。どうぞ、なかへ」

なかにはいると、わたしはワトソンを床におろし、ウィンタートン博士は犬の頭上にビスケットを掲げてみせた。ワトソンはおすわりをし、尻尾をふりながらそれを見あげていた。ものすごく嬉しそうに見えた。

「ズドン」ウィンタートン博士がいった。すると驚いたことに、ワトソンは撃たれたみたいにうしろに倒れ、そのままじっと動かなくなった。

「いい子だ」ウィンタートン博士のその言葉を聞くと、ワトソンは身体をごろりとまわして起きあがり、ビスケットをもらった。そして、それを食べようと喜び勇んで居間へと駆けていった。

わたしは笑わずにはいられなかった。

「なんとまあ」わたしはいった。「あいつにあんな芸当ができるなんて、信じられない」

「ああ、ワトソンは素晴らしい犬ですよ。メアリーの許可を得て、いくつか芸を仕込ませてもらったんです。お望みなら、あとでお見せしましょう。いまのやつは、三十分で習得させることができました。それではと。どこかあけっぱなしの窓はありますか？　ドアは？　暖炉をふさぐことは可能ですか？　わたしたちには、いろいろと話しあうことがあります」

予想に反して、ウィンタートン博士（およびワトソン）とすごす一夜は、ひじょうに楽しいものとなった。わたしたちはキッチンで、なごやかにスープとチーズの夕食をとりながら、赤ワインを飲んだ。ただ、問題がひとつだけあった。わたしはウィンタートン博士からすべてを説明してもらえると期待していたのに（質問リストまで用意してあった）、そうはならなかったのだ。ウィンタートン博士はすべてを知っていた。すべての答えをもっていた。だが、彼からまともな返事をひきだすのは、それがどのような質問であれ、いらつくらい大変なことが判明していた。猫のロジャーがじつにわかりやすくものごとを順番に語っていくのに対して、ウィンタートン博士はなにを説明するにも途中からはじめた。もしも彼が本だったら、わたしはそれを部屋の反対端に投げつけていただろう。彼に説明する気がないわけではなかった。ほんとうにそうしたがっていた。問題は、彼の頭脳にあった。その頭のなかには、正しい考えがすべておさまっていた。ただ、それがきちんと整理されていなかった。もちろん、それで多くのことの説明がついた。このときまで、わたしはウィンタートン博士に学術書の出版が――つい最近亡くなったペプロウ教授との共著書をのぞいて――一冊もないのは、その研究分野の特殊性ゆえだろうと考えていた。だが、いまはその理由を悟っていた。ジェフリー・ウィンタートン博士が単独で著作物を刊行するというのは、笑止千万、夢のまた夢だった。なぜなら、彼には理路整然とした文章を書くことなど到底できないからだ。彼がメアリーに助けを求めたとしても、なんの不思議もなかった。

「メアリーは、どのようないきさつであなたの仕事にかかわることになったんですか？」

夕食をとるために席についたとき、わたしはまずウィンタートン博士にそれをたずねた。

「彼女は素晴らしい心の持ち主でした」ウィンタートン博士はそういいながら、ワトソンにチーズの切れ端をやった。このあと、ワトソンはずっとテーブルのそばにすわって、会話のあいだじゅう、ものほしげな表情を浮かべていた。

「それは知っています」わたしはいった。「そのことなら、よく。そうではなくて、彼女がかかわるようになったきっかけを訊いているんです。いつからはじまったんです？　彼女はなにを知っていたんです？」

「彼女はあなたを欺いていることをひじょうに心苦しく思っていました」

「そうでしょうね」わたしはまだ、その点がひっかかっていた。メアリーがわたしに隠れてウィンタートン博士に協力していたというのは、かなり大きなショックだった。なんと彼は、ワトソンを〝わが友〟と呼ぶくらいわが家にいりびたっていたのだ！　だが、わたしはとりあえず最初の質問への答えが知りたかった。「それで、メアリーはいつどのようにして、あなたとかかわるようになったんです？」

「メアリーは、わたしのためにあるものを見つけたといっていました、アレック。シーウォード・コレクションで。わたしにはそれが必要です。ほら、キャプテンが迫ってきていますから。彼はペプロウ教授を仕留めた！」

わたしはいらついてきていた。

「その話はあとでもかまいませんか？」という。「お願いですから、いまはとにかく、あなたとメアリーが協力しあうようになった経緯《けいい》を教えてください」

ウィンタートン博士は天井を見あげた。おそらく、本気でその質問に集中しようとしていたのだろう。だが、かわりに彼はちょっとした爆弾を落とした。

「あなたにお送りしたフォルダは、ロジャーがまとめるのを手伝ってくれたんです。あなたにはそれだけの借りがある、とわれわれは感じていたので」

それはあまりにも大きな新情報だったので、わたしは追究せずにはいられなかった。

「ロジャーは死んだのでは？」わたしはいった。「ウィギーに首を刎《は》ねられて？」

ウィンタートン博士は驚いた顔でいった。「ちがいます」

「でも――」

「いいえ、ロジャーはぴんぴんしてますよ」

「でも、ウィギーは猫を棍棒で殴り、そのあとで口にするのもおぞましいことを――」

「ああ、あれですか！　すみません」ウィンタートン博士が笑った。「あれはご近所さんの猫です。ご近所さんの」

いまのはたいした情報ではないとでもいうように、ウィンタートン博士は手で払いのけてみせた。

「よくわからないんですが」

「コテージで殺された猫のことをいっているんですよね？」

「ええ」

「あれはご近所さんの猫です」

「でも──」

「そいつは黒猫で、コテージのまわりをうろついていました。名前は〝インカ〟です。いい名前でしょ？　わたしには動物に名前をつける才能がなくて。黒い猫だったら、とりあえず〝ブラッキー〟とか、せいぜい──」

わたしは途中でさえぎった。「でも、コテージのまわりをうろついていた黒猫はキャ、キャ、キャプテンだ」と指摘する。

「いえいえ、ちがいます！」ウィンタートン博士が笑った。「それはキャプテンではありません！」

「ジョーが携帯電話で写真を撮った猫はキャプテンではなかった？」

「ええ、そう、ちがいます」

わたしは困惑していた。

「ジョーは、その猫がキャプテンだと考えていたのかもしれない」ウィンタートン博士がつづけた。「いや、おそらくはそう考えていたのでしょう。でも、それはただの近所の黒猫だった」

「ほんとうに？」

「それについては、ロジャーが以前こんなことをいっていました。それによると、どんなご近所にも黒猫は必ずいるもので、人間はキャプテンのことを聞かされると、いたるところで黒猫の存在を意識するようになるのだとか。でも、ウィギーにひどい目にあわされたのは、このインカというペットの猫でした。たまたま悪いときに悪いところに居合わせたんです。まったくなんの罪もなかった。首輪もつけていませんでした。かなり大きな手がかりです。それには電話番号の書かれた小さな迷子札がついていますからね。でも、ウィギーはお隣の地下室でジョーを発見したばかりで、すごく逆上していた。わかるでしょ？　そこへインカがとおりかかった。おっと、黒猫だ。バシッ。ピシャ。もちろん、ロジャーはすでに姿を消していました。われらがロジャーは馬鹿ではありませんから！」

〝われらがロジャー〟という言い回しに対するわたしの感情は、複雑なものがあった。どうやらウィンタートン博士は、すでにわたしをこの件の関係者とみなしているようだった。いまにして思うと、わたしはこのときこの場でジョーのことをたずねるべきだった。彼女はなぜ隣のコテージの地下室に隠れたのか？　どうしてそこに閉じこめられることになったのか？　なぜロジャーは彼女の居場所をウィギーに教えなかったのか？　だが、ウィンタートン博士はまだわたしの最初の質問にこたえていなかった。

「メアリーがこの件にかかわるようになったきっかけは？」わたしは粘り強くもう一度たずねた。

「わたしは十年前に図書館を出入り禁止になったんですよ」ウィンタートン博士がいった。

「もう、かんべんしてくれ！」わたしはいった。

そろそろ目のまえの現実を受けいれ、いまの状況にあわせていくしかなさそうだった。ウィンタートン博士にはM・R・ジェイムズの小説ばりのきっぱりとした物言いと抑制の利いた語り口を期待していたのだが、それはかなわぬ夢だとわかった。彼からまともな返事をひきだすには戦略が必要であり、そのときに肝心なのは、自由回答式の大まかな質問をしないことだった。

「ロジャーとはアクロポリスの丘で出会ったんですか？」わたしはたずねた。

「おや」ウィンタートン博士は質問の方向性がいきなり変わったことにやや戸惑っていたものの——ほっとしたことに——わたしの問いかけに素直にこたえてくれた。「ええ。そう、そうです」すこし考えてから、こうつけくわえる。「そう。わたしはとても若かった」

「彼は自分には九つの生があると主張していますが、それは事実ですか？」

「ああ。ええ、たぶん事実だと思います」

「こういったやぶっきらぼうな〝はい〟か〝いいえ〟でこたえる質問をつづけてもかまいませんか？」

「どうぞ、どうぞ」ウィンタートン博士が陽気にいった。「おそらく、それがいちばんいい進め方でしょう」

「あなたとロジャーはぐるですか？」

「ぐる。ああ、なるほど。まあ、そういっていいでしょう」

「彼はあなたの命令にしたがって行動している？」

「とんでもない！　なんですって？　いえいえ、まったくその逆ですよ。逆です。彼はわたしの創造主だ。そう、主人です」

「キャプテンは実在するんですか？」

「ええ、残念ながら」

「彼にはほんとうに——なんというか、その、力があるんですか？」

「ああ、ええ、あります。そう、力ですね。あります。彼がみずから殺すこともあれば、相手が自殺することもある。ええ、力はあります」

「ファイルのなかでロジャーが語っているキャプテンとの関係は、事実なんでしょうか？」

「さあ。ロジャーは、どのような関係だと？」

ウィンタートン博士が自分の送ったファイルの中身をよく知らないことに、わたしはすくなからずショックを受けていた。こちらはファイルを吟味《ぎんみ》しつくしたというのに。

「かいつまんでいうと」わたしはいった。「ロジャーが人間と親しくなると、キャプテンは嫉妬をおぼえ、超自然的な方法でロジャーの相手が生きる意欲を失うように仕向ける、という関係です」

「それで、質問はなんでしたっけ？」

「ロジャーとキャプテンのあいだの関係は、実際にそういうものなのか？」

「いいえ。まったくちがいます」

「ちがう？」

「まあ、かつてはそうだったのかもしれません。けれども、ロジャーはもう何年もキャプテンとは会っていないんですよ」

「ロジャーはキャプテンを尊敬しているのでは？」

「尊敬？ していません」

「していない？」

「いまでは、もう」

「そうなんですか？」

「それどころか、ロジャーはキャプテンを憎んでいます。彼を殺すのを誰かに手伝ってもらいたいと考えているんです。ウィギーにも目をつけて、自分の生涯を語って聞かせていました。ところが、話が第二次世界大戦のあとのロジャーとキャプテンの再会とそこでの大きな事件にさしかかろうというときに、ウィギーがジョーの死体を発見し、すべてはご破算になってしまった。ですから、ロジャーはまた一からはじめなくてはならないでしょう」ウィンタートン博士はすこし考えてからつづけた。「じつをいうと、彼はすでにはじめています。あなたにむけて。だから、わたしにあのファイルを送らせたんです。いまや事態は最終段階を迎えようとしていますから」

わたしはその響きが気にいらなかった。

「そもそも、キャプテンを殺すことは可能なんですか?」

「まあ、簡単ではありません」

ウィンタートン博士は意味ありげにわたしを見てから、ワインをひと口すすった。「この会話は、じつに楽しい」彼はいった。「メアリーもよく、わたしにいろいろ質問してきたものです。まさに、このテーブルで。わたしはしょっちゅういわれていました。〝話がずれてきているわよ、ジェフリー。ずれてきている!〟」

ウィンタートン博士は、この愉快な思い出に声をあげて笑った。わたしは目を閉じた。

彼はそれに気づいたにちがいなかった。

「すみません」ウィンタートン博士はいった。

わたしは手をふって、そこで話を打ち切った。この苦しみを彼とわかちあうつもりはなかった。

「いいですか」わたしはいった。「わたしがほんとうに知りたいのは、つぎのことです」

「わかりました」ウィンタートン博士は真剣な顔になった。

「単純な質問です」

「どうぞ」

わたしは息を吸いこんだ。

「ウィンタートン博士、あなたはなんらかの形でメアリーの死に責任があるんですか？キャプテンはここへやってきた？」

ウィンタートン博士は舌打ちし、顔をしかめた。わたしは待った。すると、彼はやがて小さな声でこたえた。「ええ。たぶん、彼はここへきたのだと思います」

わたしは両手で頭を抱えこんだ。

「メアリーを巻きこんでしまったことを、わたしはほんとうに申しわけなく思っています」ウィンタートン博士はつづけた。「ロジャーは彼女のことを完璧な協力者だと考えていました。なぜなら、彼女はこの件全体を馬鹿馬鹿しい絵空事だとみなしていたからです。われわれはあと一歩のところまできていました。ここであなたに協力してもらえれば――」

ほかにも訊きたいことはたくさんあったが、わたしはとりあえずひとつだけ口にした。

「『九つの生　悪魔の贈り物』という書名に聞き覚えは？」

ウィンタートン博士は電流をながされたみたいに椅子から飛びあがり、それにつられてワトソンが吠えはじめた。「まさか！　どうしてその本のことをご存じなんです？　手にいれたんですか？　それはいまどこに？　ここに、ここにあるんですか？」

その晩は風が強く、身を切るような寒さだった。ウィンタートン博士は十時半ごろに帰っていき、わたしは見送りのためにワトソンといっしょに幹線道路までついていった。すっかり葉の落ちた冬の木々が風に揺られてしなり、弱々しい街灯の光がちらついていた。タクシーに乗りこむまえに、ウィンタートン博士はわたしと握手をかわした。彼はほんとうに滑稽な小男だったが、これまで長年にわたってキャプテンの怒りから逃れられてきたことを考えると、きっとどこかに聡明さが隠されているにちがいなかった。わたしたちは先ほどまとめたばかりの計画をざっとおさらいした。

「土曜日の午後六時」わたしはいった。「自転車置き場のそばの裏口で」

「了解」

「時間はほんの数秒しかないので、位置についていてください」

「わかりました」

「こんなことをするからといって、わたしはロジャーとかかわりあいになるつもりはありませんから」わたしは念を押した。

ウィンタートン博士が笑っていった。

「あなたがいま心配しなくてはならないのは、ロジャーのことではありませんよ」

家に戻ると、わたしはふたたびキッチンにいって、テーブルのまえにしばらくすわっていた。まさにこの場所にメアリーがすわり、ウィンタートン博士に「話がずれてきているわよ、ジェフリー」と注意していたのだと考えると、痛みと同時に慰めをおぼえた。わたしはワインを飲みほし、ワトソンを軽く叩いた。そして、彼の頭上におやつを掲げてから、できるだけ自信たっぷりにいった。「ズドン？」すると、なにが起きたか？　彼はただおやつを見あげて、くーんと鳴いただけだった。わたしは彼におやつをあたえた。

ぼんやりとキッチンを見まわすうちに、わたしの心にある考えが芽生えてきた。わたしもじつはウィギーとあまり変わらないのではあるまいか？　ウィギーとおなじく、目のまえの有力な手がかりを見逃しているのでは？　なんのかんのいって、わたしはいまやメアリーの死にかんするきわめて重要な情報をつかんでいた。月曜日の午前中に図書館から帰宅したとき、彼女は自分が危険にさらされていることを認識していた。あの支離滅裂なジェフリー・ウィンタートン博士の仕事を手伝ったせいで、邪悪な猫の——小さな部屋とそのなかにあるものを破壊しつくすことのできる猫の——注意をひいてしまったことを。その猫は、有名な悪魔主義者が猫の超自然的な長寿について書いたと思われる本をさがしていた。メアリーがそういった超常的な事柄を信じていたのかどうかは、この際どうでもよかった。肝心なのは、そうした状況に置かれた彼女がなにをしたのかだ。メアリーのことだから、きっとなにか行動を起こしたのは間違いなかった。トーニーから聞かされたあれやこれやを突きあわせて推測するに、おそらく彼女は破壊された個別閲覧机からシーウォードの小冊子を回収し、それを図書館のどこか別の場所に隠したのだろう。いやしくもシャーロック・ホームズのファンたるもの、本を隠すのに図書館以上に適した場所はないと知っているはずだからだ。トーニーによると、メアリーは大閲覧室の質問デスクの奥にある職員専用の小さな螺旋階段をのぼって、上階の書庫へむかったという。それにかんしては、ひとつだけ確かなことがあった——彼女は絶対に問題の本をシーウォード・コレクションに戻してはいない。

なにかせずにはいられなくて、わたしはインターネットでシーウォードのことを調べてみた。結果は予想して然《しか》るべきものだったが、それでもわたしは虚《きょ》を衝かれた。すごく驚いた。死後五十年がたつにもかかわらず、シーウォードは依然としてインターネットの世界では注目の的だった。この孤独で騙されやすい変人たちからなるいわゆる世界規模の〝共同体《コミュニティ》〟（とんでもなく的外れな呼称だ）には、彼のおっかけが何千といた。

「クソッ」その数の多さに、わたしの口からは思わず悪態がもれた。ワトソンがさっとこちらを見あげたので、わたしは汚い言葉を使ったことを詫びた。

ジョン・シーウォードを検索するときには、さまざまなやり方があることが判明した——〝ジョン・シーウォード　悪魔主義者〟、〝ジョン・シーウォード　自殺〟、〝ジョン・シーウォード　蒐集家〟、〝ジョン・シーウォード　不死〟、〝ジョン・シーウォード　猫最高位〟。複数のウェブサイトにざっと目をとおすうちに、わたしはシーウォードへの評価がふたつに分かれていることに気がついた。彼自身が悪魔主義者だったというものと、彼はたんにほかの人たちを悪魔主義へと導いただけだというものだ。彼にかんして、ほぼ異論なく広く受けいれられている事柄は以下のとおりである。

一九三〇年代はじめ、ジョン・シーウォードは新聞の特集記事を書くために、ドーセットにある有名な幽霊屋敷――ハーヴィル邸という荘園領主の邸宅――を〝調査〟した。そして、そのままそこを買い取って改修し、週末に交霊会や悪魔崇拝や異教徒の儀式や放埒《ほうらつ》な血のがぶ飲みをおこなえるようにした。ハーヴィル邸は、堕落した行為の代名詞となった。そして、シーウォードは第二次世界大戦のあとでそこへ完全に移り住むと、以後、一九六四年九月に庭の木から死体となってぶらさがっているのを発見されるまで、ほとんど領地を離れることがなかった。

奇跡的に、写真が何点か残っていた。ハーヴィル邸に招かれた客人のなかの有名人とシーウォードがいっしょに写っているニュース写真だ。客人の多くは華奢《きゃしゃ》な若い男性で、髪をぴっちり七三分けにして、目もとにアイラインをひき、異国風の服装をしていた。おそらくシーウォードは、友人たちとおふざけでホームムービーを撮っていたのだろう。若き日のイーヴリン・ウォーがサイズのあわない金髪のかつらをかぶってパイプをふかす真似をしていたようなホームムービーだ。写真には、俳優のチャールズ・ロートンやエルザ・ランチェスターのほかに、ガートルード・ローレンスをはじめとするミュージカル界のスターの姿もあった。ウィンザー公夫妻など、あまりにも頻繁に写真に登場するので、ここで暮らしていたのかと思うほどだった。だが、いちばん目立っているのは猫だった。シーウォードはたくさんの猫を飼っており、どの写真にも半ダースかそれ以上の猫が写っていた。なかでも不穏な一枚では、華奢な若い男性が果樹園でうつ伏せに横たわり、そのまわりを猫にぎっしりと取り囲まれていた。その数は五十匹ほどで、きちんと整列した猫たちは、いまにもいっせいに男性に飛びかかりそうに見えた。

さまざまなウェブサイトをひととおり見てまわったあとで、わたしはこれらの猫の写真を一箇所にまとめることにして、一枚ずつ集めはじめた。その際、被写体にはあまり注意をはらっていなかったが、途中で思わず「これだ!」と叫んだ。キャプテンが写っていたからだ。そう、間違いなかった。わたしにはすぐにわかった。何枚かの写真では、シーウォードがキャプテンを両腕で抱えていた(その大きさを考えると、決して楽なことではなかった)。ある写真の説明文では、冒頭に〝おーい、船長《キャプテン》〟という呼びかけの文句が使われていた(とはいえ、それを見つけたころには、そんな裏づけなど必要ないくらい、その猫がキャプテンであることを確信していたが)。洒落《しゃれ》た身なりのシーウォードが門柱のてっぺんにすわるキャプテンのとなりで腕を組んでいる写真。粋な水兵帽をかぶったシーウォードが下唇から煙草を垂らし、キャプテンをのせた手押し車を勇ましく押している写真。キャプテンが敷地内にある昔風の石造りの井戸の桶《おけ》のなかにすわり(ほかの猫がそんなことをしているところを想像してみてもらいたい!)、シーウォードが滑車のハンドルをまわしている写真。キャプテンがテーブルのむかいのシーウォードにチェスで戦いを挑んでいる写真(彼の前肢は白のクイーンにかかっていて、まるでチェックメイトを宣言しようとしているかのようだ)。

ウェブサイトで写真をあさっているうちに、わたしはあることに気がついた。

「ちょっと待った」わたしは声をあげた。「きっとそうだ!」

わたしはウィンタートン博士から送られてきた〈ロジャー〉のファイルをひらいた。古いモノクロ写真の画像ファイルで見かけたエリザベス朝様式の煙突——もしかすると、あれはハーヴィル邸のものではないのか? モノクロ写真の画像ファイルはふたつあったが、どちらがどういう写真か覚えていなかったので、順番にひらいていった。ひとつめは、ロジャーが謎の男といっしょにツリガネスイセンのなかにいる写真だった。つぎにひらいた画像ファイルの写真には、丈の高い草むらのなかに寝そべるロジャーと黒猫——そして、手前の上のほうには正体不明のぼやけた物体——が写っていた。

わたしは口笛を吹いた。間違いなかった。ツリガネスイセンのなかで煙草を手にしている謎の男は、もはや謎でもなんでもなかった。かの有名な幽霊研究家にして熱狂的な愛猫家でもあるジョン・シーウォードその人だった。そして、いまネットで見てきたほかの写真の日付から推察するに、その写真はおそらく一九四〇年代に撮られたものだった。〈ロジャー〉のファイルにあったもう一枚の古いモノクロ写真は、周囲の木立やねじれた背の高い煉瓦《れんが》造りの煙突から見て、あきらかにハーヴィル邸の庭で撮られていた。いまあらためてじっくりとその写真を眺めるうちに、わたしははじめて写真の原板に日付が刻まれていることに気がついた。一九六四年九月三日。その日付に見覚えがあるのもむべなるかな。それはジョン・シーウォードが書き置きを残さずに首吊り自殺をした日だった。ついに、これがどういう写真なのかがわかった。シーウォードが首を吊った現場を撮ったものなのだ。写真の上のほうにぼやけて写っている物体は、わたしの見立てどおり、ファインダーのすぐちかくの宙に浮かぶ革靴《ブローグ》だった。夏の終わりのうららかな日に、猫たちが『回想のブライズヘッド』のチャールズ・ライダーとセバスチアン・フライトよろしく——ただし、最初のほうの快楽主義の色合いの濃い章に出てくるふたりだ——ゆったりと草むらで横たわるなか、その頭上ではシーウォードが自分の屋敷の由緒ある庭で木からぶらさがっていたというわけだ。

ワトソンが外に出たくて、うなりながら書斎のドアをひっかいていた。だが、わたしはそれを無視した。完全にこの調査に心を奪われていた。シーウォードはこんな生活を送る金をどこで手にいれていたのだろう？　写真付きの週刊誌にときおり幽霊屋敷の記事を書くことで得られる収入など、たかが知れているのではないか？　彼が裕福な家の出であることを示唆《しさ》するものは、なにもなかった。

わたしは〝ジョン・シーウォード　先立つもの〟で検索をかけてみたが、もちろん、インターネットにそんなまわりくどい表現は通用しなかった。〝ジョン・シーウォード　ふところ具合〟も同様だった。〝ジョン・シーウォード　金銭〟と打ちこんで、ようやくいくらか情報を得られたものの、その内容は薄っぺらで、憶測が多かった。あきらかに、ジャーナリストとしての稼ぎだけでシーウォードのひじょうに贅沢《ぜいたく》な暮らしぶりを維持するのは——きわめて価値の高いコレクションを完成させるのはいわずもがな——とうてい無理だった。となると、悪魔みずからがジョン・シーウォードに資金を援助していたとか？実際そうだったと信じているインターネット利用者の数の多さときたら、驚くべきものがあった。さらに、おなじくらい多くの人たちが、ドーセットの片田舎にあるハーヴィル邸を悪魔の別荘とみなしていた。わたしが見つけたシーウォードにかんする新聞記事——彼の死後に地元紙に掲載されたもの——には、ハーヴィル邸のまわりで起きている〝事象〟についてのさまざまな証言が紹介されていた（家畜が怯《おび》えるとか、晴れ渡ったハロウィーンの晩にオークの木がまっぷたつに割れたとか）。猫にかんする訴えもあった。あの〝でっかいお屋敷〟では儀式がおこなわれていて、猫が生け贄《にえ》として捧げられたり悪魔崇拝のために利用されたりしている、というのだ。そう主張するのは近所に住むコーベット氏（六十八歳）で、彼にはティナという飼い猫がいた。ティナは三カ月ほど姿をくらましていたことがあり、コーベット氏は猫がその間《かん》ずっとハーヴィル邸にいたとにらんでいた。なぜなら、戻ってきたとき、ティナは〝完全に以前とおなじ〟というわけではなくなっていたからだ。たとえば、コーベット氏が不安になるまで彼のことをじっとみつめたり、教会の鐘が鳴るたびに——もしくは、テレビで《神を称える歌》という番組が放送されるたびに――発作を起こして口から泡を吹き、ふーっとうなりながら身もだえする、といった具合に。

とはいえ、地元住民のなかで実際にシーウォードの姿を見かけたことのあるものは、ほとんどいなかった。彼はもともと屋敷にひきこもりがちで、それに拍車をかけたのが、一九五二年に近所で流れた女学生がらみの悪いうわさだった。その真偽のほどはうやむやのままで終わったが、当然のことながら、この騒動で隣人たちのあいだでの彼の不人気ぶりが改善されることはなかった。人生の最後の十二年間、シーウォードはハーヴィル邸の敷地から一歩も出ず、訪問客を迎えいれることもほとんどなかった。その間、彼は読書と、例の秘儀《アルカナ》にかんする見事なコレクションの管理にいそしんでいたといわれている。また、自費出版してひそかに配られていた彼の著作の大半は、この時期に書かれていた。

わたしは自分のメモを確認した。『九つの生　悪魔の贈り物』はいつ執筆されたのだろう？　出版されたのは、一九六〇年だった。わたしはこの本を見つける必要があった。それだけでなく、本がキャプテンの手（というか、前肢）に落ちないようにしなくてはならなかった。だが、この件でわたしがロジャーの側につくべき理由がなにかあるだろうか？ロジャーは邪悪な猫だった。女性が地下室で死にかけていたときに、彼女のたてる物音をわざと無視したばかりか、悪賢くも携帯電話に小便をかけて内部をショートさせ、自分に不利な証拠を隠滅しようとしたのだ！　わたしはどうすべきなのか？　わたしの頭からはメアリーのことが離れなかった。彼女は有能で親切で仕事ができ、ウィンタートン博士のような人物に同情するだけの思いやりをもっていたがゆえに、この件に巻きこまれて命を落とした……。こうして、わたしが必死につぎにどうすべきかを考えているあいだ、ワトソンはずっと書斎のドアをひっかき、出してくれと哀れっぽい声で鳴いて、うるさく騒ぎたてていた。

「わかった、わかった！」わたしはいらいらしていった。

書斎から出してやると、ワトソンは吠えながらキッチンへ駆けていった。わたしはすぐさまコンピュータのまえに戻った。

最後にもう一度シーウォードがらみの検索結果に目をとおし、それからベッドにはいるつもりだった。もう真夜中になっていたが、あとまわしにはできなかった。ワトソンにおやすみまえのチキン味のおやつをあげ、メアリーが亡くなってから毎晩そうしているようにいっしょに二階へいくのは、それがすんでからだ。まずは、まだ見ていない――だが、見ておかないとまずい気がする――動画サイトの映像を確認する必要があった。それは〝ジョン・シーウォード　猫　最高位〟で検索をかけたときに見つけた動画で、一九三〇年代にハーヴィル邸で撮影された五分間のモノクロの無声映画であることが判明した。

映像はまず、ある晴れた日の庭にしつらえられた仮設の舞台の幕からはじまる。画面の左側からシーウォードが煙草をくゆらせながらあらわれ、カメラにむかって直接語りかける。すらりとした身体に洒落たツイードの服をまとい、その軽やかな足どりはいまにも踊りだしそうな感じだ。音声がないので、彼がなにをしゃべっているのかは推測するしかない。シーウォードは幕を指さして笑みを浮かべ、風に揺られた幕が落ちつくのを待ってから、先をつづける。カメラマンにむかってなにかいったあとで――おそらく、準備ができているかを確認したのだろう――画面の右側へ歩いていき、煙草をくわえたまま両手で仰仰しく紐をひいて、仮設の舞台の幕をあける。

キッチンではワトソンが狂ったように吠えたてており、それがかなりわずらわしくなりつつあった。わたしは動画を止め、彼に声をかけた。「ワトソン、やめるんだ！　こっちは忙しいんだから！」

シーウォードがふたたびまえに進みでて、幕のうしろからあらわれたものを指さしながら説明をはじめる。覆いのかかったテーブルの上に檻がひとつのっており、檻のなかではウサギが能天気にレタスをかじっている。シーウォードは檻の扉をあけるとウサギをそっと取り出し、テーブルの上に置く。そして、檻を地面におろしてから、右のほうに目をやる。すると、一匹の巨大なとら猫がテーブルに飛びのる。シーウォードは笑みを浮かべて猫に話しかけると、耳をもてあそんで身体をなでる。猫がシーウォードの胸に顔を押しつける。そのあいだに、ウサギは賢明にもあとずさりしているが、この小動物には地面に飛び降りて逃げだすだけの運動能力が欠けている。シーウォードはウサギを猫の真向かいに置く。両者のあいだの距離は六十センチほどだ。それから、短時間のうちに三つのことが起きる。猫がシーウォードを見あげ、シーウォードがうなずく。猫が威嚇《いかく》するような感じで、頭をわずかにまえに突きだす。ウサギがうしろに倒れて、そのまま動かなくなる。シーウォードがカメラにちかづいてきて、そのうしろにまわりこむ。カメラが彼に手渡され、しばらく揺れているが、やがて別の人物――おそらく、職務を解かれたカメラマンだろう――がテーブルにむかって歩いていき、ウサギを調べる。農夫のような恰好をした顔色の悪い若い男で、ふだんシーウォードの屋敷でひらかれるパーティで見かけるような人物ではない。

若者は驚いたような表情を浮かべると、ウサギの肢をつかんでもちあげる。「死んでる」カメラにむけられた口もとの動きから、そういっているのがわかる。若者は顔をしかめる。そのとき、先ほどとおなじく、短時間のうちに三つのことが起きる。猫がカメラのほうに目をやる。それから、小さく威嚇するような動きをする。すると、田舎育ちっぽい若者がその場にくずおれる。

フィルムはそこで終わっていた。わたしはコンピュータを切った。頭のなかではまだぶーんという音がしていたが、それ以外は静まりかえっていた。わたしはこめかみを揉《も》み、ため息をついた。

そこでようやく、ワトソンがもはや吠えていないことに気がついた。

「ワトソン？」わたしは呼びかけた。「どこにいるんだ、ワトソン？　大丈夫なのか？」

返事はなかった。家のなかは静寂につつまれていた。わたしは立ちあがって廊下に出た。

「ワトソン？　どこだ、ワトソン？」わたしはキッチンをのぞいてみた。そこにはいなかった。裏口をためしてみた。鍵がかかっていた。どこへいったんだ？　どうして呼んでも駆けてこないんだ？

「ワトソン！」

物音ひとつしなかった。床板に鉤爪があたるかちゃかちゃという音も、うなり声もなし。なにもなかった。全身におののきが走った。ああ、やめてくれ。だめだ。ワトソンはかんべんしてくれ。わたしには、もう彼しかいないのだ。

「ワトソン、どこだ？」

わたしは息をするのをやめ、目を閉じた。シーウォードの書いた小冊子を見つけて、キャプテンの手に渡らないようにし、なおかつロジャーを信用せずにいることに気をとられるあまり、わたしはもっとも大切なことを忘れていた。ワトソンを守ることだ。あらゆるものから――重たい門の扉をクルミを割る道具のように利用する邪悪な猫から――強烈な悪意だけで相手を即死させることのできる邪悪な猫から――ワトソンを守る。ワトソンを失うなんて、耐えがたかった。いまさっき、彼はなににむかって吠えていたのだろう？　なぜわたしはそれに注意を払わなかったのか？　ワトソンはいったいなににむかって吠えていたんだ？

「ワトソン！」わたしは廊下から呼びかけた。「怪我をしてるのか、ワトソン？　お願いだから、ちがうといってくれ！」

わたしはじっと立って、耳を澄ました。いまにも泣きだしそうになっていた。メアリーがものすごく愛していた犬。そう、わたしたちはどちらもあの小さな犬をものすごく愛していた。わたしはいま、これまで以上に彼を必要としていた。

「ワトソン？」わたしは冷静な声をだそうとした。そのとき、ついに反応があった。

「アレック、ここだ」

わたしは飛びあがった。

「アレック、居間だ。明かりはつけるな」

男の声だった。歯切れが良く、落ちついていて、堂々とした声。わたしは息をのんだ。誰だ？　わたしの家に誰がいるのだ？　この男はどうやって家にはいったのか？　ワトソンになにかしたのか？　男はわたしに居間へくるようにいっていたが、わたしはそれに従わなかった。べつに勇敢だったわけでも反抗したわけでもなく、ただ脚が動かなかったのだ。

わたしは無理やり深ぶかと息を吸いこんだ。「ワトソンはどこだ？」わたしは問いただした。「彼になにをした？」

「よく聞くんだ。われわれはここを出なくてはならない。わたしには計画がある。チキン味のおやつを二週間分詰めろ」

わたしは言葉を失っていた。声の主がワトソンだったからである。そして、信じられないかもしれないが、その声はまさにダニエル・クレイグそっくりだった。

第三部　通　信

送信者　アレック・チャールズワース
日時　一月十五日　木曜日　午後四時二十五分
宛先　ウィリアム・ケイトン－パインズ
件名　ロジャー
添付　海辺にて（フォルダ）　自宅（ファイル）

拝啓　ウィリアム・ケイトン－パインズさま
これは、たいへん書きにくいメールだ。単刀直入にいうと、わたしは〈砂利コテージ〉で起きた出来事を知っている。そして、巻きこまれまいと努力したものの、気がつくと、いまでは〝ロジャー〟と〝キャプテン〟として知られるふたつの個体の物語に首までどっぷり漬かっている。おかげで、わたしは自宅を出なくてはならなかった！　駅のそばのB＆Bに転がりこまなくてはならなかった！　それも、胸が悪くなるようなところに。なにせ、ベッドの上の壁には巨大な濡れ染みがあるし、踊り場の消臭剤の匂いときたら、それでワトソンが命を落とすかもしれないと心配になるくらい強烈なのだ（わたしはすばやく彼を抱えあげて、部屋に駆けこまなくてはならなかった）。とはいえ、いまここでは、それらは些細な問題だろう。とりあえず、この宿は真夜中すぎでもチェックインさせてくれたし、犬の存在には目をつぶってくれた。だが、そんなのは、きみにとってはどうでもいいことだ。ああ、くそっ。わたしはウィンタートン博士のようになりかけている！　まだ、きみに自己紹介もすませていない！　ここですべてを説明するよりも、フォルダとファイルを添付するので、それに目をとおしてもらったほうがはやいだろう。その一部は、きみにとっては馴染みのあるものだ。そもそも、きみ自身が書いたものなのだから。それらを読んでもらえれば、ここまでの経緯《けいい》がすべてあきらかになる。わたしが知っていることを、きみも知ることになる。それはとりもなおさず、まだ答えの出ていないいくつもの疑問といらだたしい空白部分に直面するということだが。

添付した資料にきみが目をとおすまえに、〈海辺にて〉と題されたフォルダのなかでわたしがさしはさんでいる私見について謝っておかなくてはならない――とりわけ、きみに対する否定的な評価について。遺憾《いかん》ながら、わたしは何度かきみのことを馬鹿呼ばわりしている（そんな資格などないのに）。ほかにも、添付物を用意するときに目についた表現としては、〝眩暈《めまい》のするような愚かしさ〟というかなり過激なものがある。さらには、〝髪の毛はくしゃくしゃっとしているにちがいない〟といった当て推量とか（きみは禿《は》げているのかもしれない）、〝こと知性の面においては、ウィギーはロジャーの足もとにもおよばない〟とか〝喜ばしいことに、ここでウィギーはめずらしく賢明な判断をくだす〟といった所見も。こうした余計な中傷は、できれば無視してもらいたい。とにかく、いまはっきりしているのは、わたし自身もロジャーに夢中になっているということだ。こうなったいまでさえ、彼には賛嘆の念をおぼえずにはいられない。おそらく、テニソンの初期の詩に対する彼の深い造詣《ぞうけい》と愛着、古代の文化遺跡に対する審美的な関心が、こちらをそういった心持ちにさせるのだろう。これほどまでに洗練された知性には、めったにお目にかかれるものではないのだから。

わたしはある目的をもって、このメールを作成している。きみに大きな頼みごとがあるのだ。わたしの命は、殺傷能力をもつしゃべる猫たちによって――学術図書館に侵入したり、無害なテリア犬の残酷な死を画策することのできる猫たちによって――あきらかに危険にさらされている。そして、しゃべる猫たちのことを話題にできる相手といえば、世界広しといえどもきみしかいない。だから、きみにわたしの記録の保管者となることを頼めたりはしないだろうか？〈砂利コテージ〉で起きた出来事について、きみがいまどう感じているのかは知らない。だが、信じてもらいたいのだが、そこでジョーと犬のジェレミー――そして、きみ自身――の身に起きたことすべてに、わたしは愕然とすると同時に怖《おそ》気《け》だっている。わたしは二度とそういうことが起きないようにするつもりだ。きみがどこかで記録を保管してくれていると考えるだけで、これからしなくてはならないことに立ち向かう上で、すごく心強く感じられるだろう。手みじかにいうと、ウィギー（そう呼んでもかまわなければ）、きみにはわたしの友だちになってもらいたい。

敬具

アレック・チャールズワース　ＦＣＩＬＩＰ（図書館情報専門家協会会員）

送信者　ウィギー（ケイトン－パインズ）
日時　一月十六日　金曜日　午前十時四十五分
宛先　アレック・チャールズワース
件名　マジかよ

アレック・チャールズワースさま
マジかよ。ぼくのメール・アドレスをいったいどこで手にいれたんだ？

ウィギー

送信者　アレック
日時　一月十六日　金曜日　午前十一時三十分
宛先　ウィギー
件名　マジかよ

ウィギーさま
申しわけないが、あ、あ、あの猫がウィンタートン博士に漏らした。

送信者　ウィギー
日時　一月十六日　金曜日　午前十一時三十七分
宛先　アレック
件名　マジかよ、まったく

アレック
すこし考えさせてくれ。まったく。すごいショックだ。すべてが甦《よみがえ》ってくる。ウィギーx

送信者　アレック
日時　一月十六日　金曜日　午前十一時四十分
宛先　ウィギー
件名　マジかよ

とにかくファイルに目をとおしてもらえないか、ウィギー。お願いだ。

アレック

送信者　ウィギー
日時　一月十六日　金曜日　午後六時三十四分
宛先　アレック
件名　いいだろう

いいだろう。間があいてしまって、すまない。ファイルを読んだ。質問がある。

送信者　アレック
日時　一月十六日　金曜日　午後六時三十六分
宛先　ウィギー
件名　いいだろう

どうぞ。なんでも訊いてくれ。

送信者　ウィギー
日時　一月十六日　金曜日　午後六時三十九分
宛先　アレック
件名　いいだろう

あんたの犬はほんとうにしゃべれるのか？　それとも、そいつはでっちあげか？

送信者　アレック
日時　一月十六日　金曜日　午後六時五十二分
宛先　ウィギー
件名　ありがとう

ウィギーさま
ファイルを読んでくれて、ありがとう。ほんとうに感謝している。きみの質問への答えだが、ノーだ。わたしはなにもでっちあげてはいない。とはいえ、ワトソンは月曜日の晩に家を出て以来ひと言もしゃべっておらず、もしかすると、あれは恐怖がもたらした空耳だったのかもしれない。ワトソンに計画があるのだとしても、わたしはまだそれを教えてもらっていない。彼の分までわたしが考えなくてはならず、間違いなくそれは大きな負担になっている。それにしても、あの「チキン味のおやつを二週間分詰めろ」というのは、たとえそれがワトソンの発言ではなかったのだとしても、いかにも彼がいいそうなことだ。

きみの協力が得られることを、わたしは切に願っている。〈自宅〉というファイルを書きあげるのに二日ちかくかかったが、それが完成したとき、わたしははじめて自分がこの物語のなかでいかに孤独かを悟った。ファイルを読んでくれる人がいなければ、この物語自体が存在しないのだということを。あすの晩、図書館が閉館したあとで、わたしはウィンタートン博士とともにシーウォードの小冊子を盗みだすつもりだ。そこには、きっと答えが書かれているにちがいない。そうでなければ、なぜキャプテンがわざわざそれを取り戻そうと——もしくは、破壊しようと——するのか？

それで思いだしたが、きみはロジャーからシーウォードについてなにか聞いていないだろうか？　あるいは、〝猫マスター〟について？　ウィンタートン博士のいっていた戦後の〝大きな事件〟というのは、なんだったのか？　ロジャーとキャプテンはどうして仲違《なかたが》いをしたのか？　フォルダにあった音声データでは、ロジャーは戦争中を大英博物館ですごしたところまでしか語っていない。だが、ふとこう思ったんだ――録音されていないだけで、彼はそれ以外にもきみにいろいろとしゃべっていたのかもしれない。

ところで、この物語の記録の保管者になってもらえるかというわたしの問いかけに、きみはまだ答えてくれていない。

アレック

送信者　アレック
日時　一月十七日　土曜日　午後四時三十分
宛先　ウィギー
件名　シーウォード作戦

ウィギーさま

さてと。いまは土曜日だ。そして、きみからはまだ返事がない。わたしはこれから図書館へいく。わたしの身になにかあった場合には、ワトソンはミルトン・ロードの〈サンドリンガム〉というB&Bにいる。ケンブリッジ駅のちかくだ。これが〝知りたくもない情報〟だとしたら、申しわけない。だが、いま起きていることを誰かに話しておくのは、わたしにとってとても重要なのだ。きみは考えたことがあるのだろうか？

アレック

追伸　すまない。最後の一文は、こちらの頼みについて考える機会があったのかをたずねているのであって、きみがこれまでに一度でも考えたことがあるのかに疑問を呈しているわけではない。

送信者　アレック
日時　一月十七日　土曜日　午後十一時四十五分
宛先　ウィギー
件名　シーウォード作戦
添付　図書館の見取り図（ＰＤＦファイル）

ウィギーさま

そちらからはまだなんの連絡もないので、申しわけないが、勝手にきみを情報の委託先とさせてもらう。ウィンタートン博士が負傷した。しかも、重傷だ。だが、これでは話が先走ってしまっている。きちんと順序だてて伝えるか、さもなければ黙して語らずだ。これは記録に残すためにやっているのだから。だろう？　ああ、でも、くそっ。あの血！あの傷！

今夜、わたしは自分の仮利用者カードを使って、午後五時に図書館にはいった。添付した見取り図を見てもらえればわかるとおり、大閲覧室の真上には音楽関係の書庫があって、そこへいくには大閲覧室の質問デスクの奥にある螺旋《らせん》階段をのぼっていくしかない（さしあたって、一般の利用者は）。わたしとしては、かなりいい計画をたてたつもりだった。かいつまんでいうと、まずはじめに、いつも夢見がちなトーニーを質問デスクからおびきだし、その隙に螺旋階段をとおって上階の書庫にいく。そして、シーウォードの小冊子をさがしだしてから、図書館が閉まる五時半までそこに隠れている。メアリーとトーニーは予備の親鍵をいつも質問デスクのいちばん上のひきだしにしまっているので（わたしにいわせれば、かなり不用心だ）、閉館後、わたしはそれを使って大閲覧室を抜けだし、階段Aを下って、自転車置き場のそばの非常口へとむかう。非常口のドアをあけると警報装置が作動するが、そこで考えたのが、以下の方法だ。まず、わたしはシーウォードの小冊子と罪の証拠である予備の親鍵を、非常口のすぐ外で待機しているウィンタートン博士に手渡す。それから、すばやくなかに戻って警備員とむきあい（土曜日は、たいていマイクだ）、閉館直前に歴史のフロアで居眠りしてしまったと釈明して、こんな騒ぎをひき起こしたことを詫びる。そのあとで、近所のカール-クイック印刷サービスでウィンタートン博士と落ちあい（閉店は六時半なので、ぎりぎりだ）、そこで小冊子のコピーをとると同時にスキャンもして、その場できみにデータを送って安全に保管してもらえるようにする。実際、そのためだけに、わたしはノートパソコンを持参していた。

そしていま、わたしはそのノートパソコンを使って、これを救急救命室で書いている！時刻は午後九時四十五分で、いろいろと臭いものに蓋《ふた》をしようとしている！　もちろん、いちばん気がかりなのはウィンタートン博士のことだが、同時にワトソンのことも心配だ。彼はいまB&Bにひとりでいて、その状態が午後四時半からつづいている。わたしがここで夜を明かすことになったら？　かといって、帰るわけにもいかなかった。病院に到着するころには、ウィンタートン博士は大量の血を失って、譫妄《せんもう》状態に陥《おちい》っていたのだ。あの長くて深い切り傷をいくつも負うことになった経緯——および、その理由——を、彼がうっかり誰かにしゃべらなければいいのだが。わたしの脳裏には、『ジェーン・エア』の一場面がくり返し浮かんできている。西インド諸島からきたロチェスターの義理の兄（メイソンといったか？）が、夜中にひどい暴力をふるわれる場面だ。ロチェスターは彼に、ジェーンにはなにも説明するなと命じる。そこでジェーンは暗闇のなか、この血を流している見知らぬ男といっしょにすわって、鍵のかかったドアのむこうから聞こえてくる凶暴な狂女のたてる動物のような物音に耳をかたむけていなくてはならない……。ウィギー、きみが『ジェーン・エア』を読んでいなければ、ちんぷんかんぷんだろうな。とりとめもなくこんなことを書きちらして、申しわけない。ただ、ウィンタートン博士につきそって救急車に同乗していたとき、わたしは彼にむかって強い口調でこういいつづけていた。「なにもしゃべらないのがいちばんだ、ウィンタートン。なにもしゃべるんじゃない、いい、いい」そして、そのときに――といっても、つい先ほどのことだが――自分にはこんな経験などないのにどうして既視感をおぼえるのかを考えて、『ジェーン・エア』に思いがおよんだというわけだ。

これを聞いたら喜んでもらえるだろうが、わたしの計画の最初の部分はひじょうに上手くいった！　いまとなってはあまり慰《なぐさ》めにはならないが、しばらくはここにいることになりそうだから、はじめからきちんと話していったほうがいいだろう。わたしはトーニーの注意をひきつけるために、とっさに猫の鳴きまねをした。動物の鳴きまねはそれしかできなかったし、この状況ではそれがふさわしいと思えたからだ。なにはともあれ、それは功を奏した。「ミャーオ」わたしはいった。「ミャーオー」トーニーは「誰かいるの？」といって、なんの音か調べるために質問デスクを離れた。見取り図にもあるとおり、大閲覧室にはふたつの自在扉があって、おなじ壁面にとなりあってついている。したがって、片方の自在扉のうしろで鳴きまねをしてから、もうひとつの自在扉のうしろにまわりこむのは――そして、音のしたほうへむかうトーニーの目を盗んで大閲覧室にはいり、デスクの奥の螺旋階段をすばやくのぼっていくのは――じつに簡単だった。

運良く、上階には誰もいなかった。だが、目のまえには大きな問題がひとつ立ちふさがっていた。メアリーが問題の本をどこにしまいこんだのか、皆目見当がつかなかったのだ！ ここには長い通路が六つあり、その両側に連なる書棚には楽譜がおさめられていた。楽譜はたいていが縦長で薄っぺらいから、そのあいだにまぎれこんでいたら、保護用の外箱にはいったシーウォードの小冊子などほとんど目につかないだろう。そして、わたしにはそれをさがしだすのに二十分しか時間がなかった（館内の明かりは、五時半に自動で切れることになっている）。だが、ここでわたしは正しい行動をとった。慌てふためいたりせずに、メアリーのことを考えたのだ。彼女なら、どうするだろう？ 音楽コーナーになにかを隠すとしたら、どこに隠すだろう？ 音楽について、彼女はなにを知っていたか？ そう、あまりくわしくはなかった。わたしはふたりでいっしょに観ていた《大学対抗チャレンジ・クイズ》のことを思いだした。メアリーが馬鹿みたいに毎週おなじ答えを叫んでいたことを。そう、それだ。ハイドン！ 彼女なら〝ハイドン〟のところに隠すにちがいない！

実際、そのとおりだった。部屋がいきなり真っ暗になる直前に、わたしは交響曲第94番

《驚愕》の楽譜のうしろに押しこまれていたシーウォードの小冊子を見つけた。正直、ごくありふれた感じの薄っぺらい本だった。オーラもなにもなかった。それにふれても、ぞくりとする風が吹いてきたり、書棚のもっと暗い隅のほうから小鬼のようなささやき声が聞こえてきたりということはなかった。ほんとうに、そこいらへんの本を手にとったときとまるで変わらなかった。とはいえ、明かりが消えたあとの音楽コーナーの闇の深さには不安を感じさせるものがあり、わたしははやくそこを出たくてたまらなかった。さいわい、トーニーはぐずぐずせずに仕事を切りあげ、五時三十一分には階下から調子はずれの鼻歌とすべての卓上スタンドを消す音が聞こえてきた。それから、彼女はバッグとコートを手にとり、部屋全体の明かりを消すと、まず片方の自在扉のかんぬきをかけて鍵を閉め、つづいてもう片方の自在扉のかんぬきをかけ、外から鍵を閉めた。そこでようやく、わたしは用心しながらこっそり螺旋階段をおりはじめた。大閲覧室の高窓から灰色の光がいくらかさしこんでいたが、目が薄闇に慣れるまでにはしばらくかかった。咳払いをすると、その音が大きく響いた。わたしは外箱にはいった本を胸もとでしっかりとつかんだまま、ひきだしに手を突っこんで予備の親鍵をさがした。見つからなかった。どうして懐中電灯をもってこなかったのだろう？　わたしは呼吸を整え（息づかいが荒くなってきていた）、ひきだしのなかを手探りしつづけた。すると、ようやく親鍵が手にあたった。よかった！　だが、そのときなにかが聞こえて、わたしの血は凍りついた。かすかでくぐもってはいた

もの の、間違いなかった。人間の悲鳴だ。いまでは、それがウィンタートン博士のはっする悲鳴であったことを、わたしは確信している。

ウィギー、ここでいったん中断しなくてはならない。たったいま、ウィンタートン博士は入院の必要があるので、今夜はもう帰るようにといわれたところだ。彼は輸血を終え、鎮静剤を投与され、確実に回復にむかっているという。やれやれだ！　わたしは病院のスタッフに礼をいった。かれらには、ウィンタートン博士のことをただの顔見知りだと——たまたま彼が襲われて倒れているのを発見したのだが、彼には身寄りがいないのを知っているので、怪我の状態がはっきりするまで残っているつもりだと——説明していた。みんなすごく親切にしてくれたが、「おや、なにを書いているんですか?」とたびたび訊かれてノートパソコンの画面をのぞきこまれるのには、少々閉口した。

すでに真夜中にちかく、わたしはここを離れられてほっとしている。長い一日だった。はやくワトソンのところへ戻りたかった。彼は才気あふれる小型犬だが、小型犬であることに変わりはないのだ。

ウィンタートン博士があまり妙なことを口走らないようにと願うのみだ。まあ、たとえそういうことがあったとしても、どうせ意識が混濁しているせいにされるだけかもしれないが。最初の診察がすんだあとで、わたしは彼が海軍にいたことがあるのかと訊かれていた。自分の知るかぎりではない、とわたしはこたえた。一瞬、彼の肌で興味深い刺青《いれずみ》でも見つかったのかと思った。「いえ、ただ、彼はずっと艦長《キャプテン》のことをうわ言のようにつぶやいていたので」それに対して、わたしは肩をすくめると、こういった。「さあ、どうしてですかね」これからB&Bに戻らなくてはならない。できるだけすぐに、またメールする。

アレック

送信者　ウィギー
日時　一月十八日　日曜日　午前九時四十一分
宛先　アレック
件名　シーウォード作戦

アレックさま

きのうの晩遅くに届いたメールを、いま読んだところだ。どう考えていいのか、わからずにいる。あんたの手記は、もちろん、ぼくがしっかりと守る。好きなだけ送ってきてくれ。でも、いっておかなきゃならないことがある。ぼくは——みんながいうには——神経衰弱になった。そして、それ以来、精神分析医のお世話になっている（とても頼りになる先生で、とくに抗鬱剤《こううつざい》やらなんやらを気前よく出してくれるところが最高だ)。彼女からは、こういうことが起きるかもしれないと警告されていた。つまり、〝ロジャーの件はすべて現実だった〟とまた思いはじめるってことだ! というわけで、ぼくはいま間違いなくひどく混乱している。あんたが送ってくれたふたつの音声ファイル(ぼくとロジャーの会話を録音したやつ)! しかも、あろうことか、彼の声はほんとうにヴィンセント・プライスそっくりときた!

とはいえ、それ以外はすべて……実際に起きたことなのかどうかなんて、どうやったらわかる? まるで物語みたいだ。アレック、あんた自身、何度も〝物語〟って言葉を使ってる。だから、ぼくが混乱するのも無理はない。あんたはいまマラウイ共和国にいるのかもしれない。それか、ブライトンかも。どこかのベッドでぬくぬくと毛布にくるまっている可能性だってある。ぼくの学生時代の友だちだって可能性も。いまこいつを読んでるのはアプトンじゃないよな? アプトン、もしもおまえだったら、ぶっ殺してやる。たとえあんたがほんとうに〝英雄とはほど遠い司書〟のアレックだとしても、すべては捏造《ねつぞう》されたものだって可能性はまだ残る。ぼくの頭をおかしくしようって魂胆だ。みんな、ウィギー(ぼくのことだ)はジョーを見つけるための努力をなにもしなかったと考えている。そして、ある意味では、そのとおりだった。ぼくはお隣さんの鍵が消えていることに気づきながら、それがなにを意味するのかを考えてみようとしなかった。なぜか? ロジャーの話に夢中になるあまり、自分もその一部だということを忘れていたからだ。

公正な判断をくだすために、ぼくはシーウォードのことをすべてインターネットで確認した。だから、すくなくとも、その部分についてはでっちあげでないとわかっている。それだけでなく、あんたも見ておいたほうがよさそうな映像を動画サイトで見つけた。あんたがいってたモノクロの無声映画の姉妹篇みたいなものだ。リンク先を送るよ。でも、アレック、ぼくはまたこれに巻きこまれたくないんだ。頼むから、放っておいてくれ。ぼくはあんたみたいに強くない。実際、すごく弱い人間だ。さっき話した女性の精神分析医が、このまえ診察室にふわふわの子猫を連れてきた。子猫だ。そして、それを可愛がるようにといった。

「これって、ちょっと変わったやり方なのでは?」とぼくはいった。でも、彼女はそれにはとりあわず、子猫をぼくの膝《ひざ》の上にのせた。

「ぼくは猫に対して病的な恐怖心をもっているわけじゃないんです、先生」

「わかっています」

「人がわけもなくクモを怖がるのとはちがう。それとか、膝がいきなり逆向きにまがるのを心配するのとは。ぼくはただ事実として知っているんです。猫がどんなふうに考えているのかを」

でも、彼女には計画があって、それどおりにことを進めようとした。

「そのちっちゃくて可愛らしい子猫になんて声をかけたいかしら、ウィギー？」

ぼくがその大きな瞳をのぞきこむと、子猫のほうもこちらをみつめ返してきた。

「さあ」と精神分析医がいった。

「さあって？」

「なでてみるのよ、ウィギー！」

だから、ぼくは精一杯いわれたとおりにした。頑張って、そのちっちゃくてふわふわした頭をなでようとした。でも、ぼくがふれた途端、むこうがしゃーっとうなってきたので、ぼくは叫んだ。**「ぼくの膝から降りろ、このクソいまいましい人殺し野郎！　おまえはぼくの姉さんを殺したんだ！」**

ウィンタートン博士のことは、気の毒に思っている。ぼくはあんたの話を信じているけれど、同時に信じたくない自分もいる。どちらかというと、あんたがマラウイ共和国にいるアプトンであってくれたほうがいいくらいだ。あんたが感じているはずの孤独感が、ぼくにはわかる。いわせてもらうならば、あんたがたてた計画は、これまでどんな盗みを企てたこともないであろう人物のものにしては、すごくよく出来ているように思える。ほんとうに感心している。あんたがB&Bに戻ったとき、ワトソンが無事で元気にしていたのならいいのだが。もちろん、彼には一度も会ったことがないけれど、彼のしあわせを願っている！　これで彼も実在しないとなったら、ぼくはとんだ大馬鹿者の気分を味わうことになるだろうな。

ウィギー

送信者　ウィギー
日時　一月十九日　月曜日　午後十二時三十二分
宛先　アレック
件名　もしもし？

アレックさま
きのうは、とうとう返事をくれなかったね。なにがどうなっているのか、教えてもらえないか？　いまは月曜日のお昼だ。ウィンタートン博士の具合は？　ウィギーx

送信者　ウィギー

日時　一月十九日　月曜日　午後五時十四分
宛先　アレック
件名　もしもし、もしもし？

アレックさま
アレック、あんたのせいで、だんだん怖くなってきている。この五時間、ずっとメールを確認してばかりいる。一筆くれるだけでいい。とにかく、あんたとワトソンとウィンタートン博士の状態を知りたいんだ。　ウィグスx

送信者　ウィギー
日時　一月十九日　月曜日　午後八時十五分
宛先　アレック
件名　もしもし

いいだろう。いまは夜で、ぼくはずっといろいろ考えていた。もしかすると、あんたから返事がないのは、ぼくのほうに原因があるのかもしれない。きのうのメールは無視してくれ――〝どう考えていいのかわからない〟ってくだりだ。あと、〝ああ、かわいそうなぼく。具合が良くないんだ〟ってくだりも。あらためて読み返してみると、あんたがぼくに愛想をつかして情報を託すのをためらうようになったとしても、なんの不思議もない。

ぼくはあんたの助けになりたいんだ、アレック。でも、自分はその最適任者だろうか？たしかに、ぼくはしゃべる猫といっしょにいた経験がある。とはいえ、ジョーの携帯電話を修理のために店にもちこむのを怠り、長いこと冷蔵庫にほったらかしにしておいた事実を忘れないでもらいたい！　ぼくはほんとうに愚かだった、アレック。ロジャーが携帯電話を庭にもちだしたのは、それをもてあそぶためだと本気で信じていたんだ！　なにが起きているのか、まったく気づいていなかった。やつのために毎日むずかしいクロスワード・パズルを切り抜き、やつのかわりに升目《ますめ》に答えを書きこんでやっていた。たとえば、やつはこういう。「縦の一の答えは〝ファン‐ヴォールト（扇形天井）〟だ」すると、ぼくは縦の一の鍵に目をやって（〝跳んだりはねたりする熱狂者。しばしば教会で目撃される〔三文字、五文字〕〟）、こうたずねる。「どこからそんな答えを導きだせるんだ？」それに対して、やつは母音をひきのばしながらゆっくりという。「コツがあるんだよ、ウィギー。〝熱狂者〟は〝ファン〟と言い換えられる。〝跳んだりはねたり〟は〝ヴォールト（跳躍）〟と。そして、〝ファン‐ヴォールト（扇形天井）〟は教会でよく使われている構造形式だ」

それを聞いて、ぼくはこういう。「ああ、ロジャー。あんたはなんて頭がいいんだ」こうして自分の賢さをひけらかしているあいだもずっと、やつはジョーが隣のコテージの地下室にいることを知っていた。それをぼくに教えていたら、彼女を救えていたことを。というわけで、ぼくはあまり頭がいいほうじゃない。それに——これはいっておかなくちゃならないけれど——あまり勇敢なほうじゃない。あんたみたいに暗くなった図書館のなかをこっそり動きまわるなんて真似は、絶対に無理だ。でも、あんたがいちばん心配しなくちゃならないのは、このウィギーの〝おつむ問題〟だと思う。ジョーとジェレミーが異星人に拉致《らち》されたと想像している部分を読んだときには、穴があったらはいりたいくらいだった。実際、ぼくは焼け焦げのある草地をさがして、あたりをうろつきまわっていたんだ！

とにかく、なにもかも過去の話だ。いまのぼくは、なにが起きているのかを知る必要がある。頼むから、教えてくれ。これじゃ、まるで拷問だ。

送信者　ウィギー
日時　一月十九日　月曜日　午後十時三十六分

宛先　アレック
件名　どこにいるんだ、アレック？

アレック！　もうかんべんしてくれ。こっちは神経が参ってしまいそうだ。なにをどう考えたらいいのか、わからない。なにがあったのか、教えてくれ。もう二日間も音沙汰がない。まだ会ったことはないけれど、ぼくはあんたの友だちだ。　ウィグス

送信者　アレック
日時　一月二十日　火曜日　午前六時三分
宛先　ウィギー
件名　無題
添付　シーウォード（ＰＤＦファイル）

ウィギーさま
しばらく返信せずにいて、申しわけない。それで不快なストレスをあたえてしまったの

わかっている。わたしにも信じられないが、ほんとうのことだ。彼は死んだ。芝居がかった言い方はしたくないが、きみに連絡するのはこれが最後になるかもしれない。だから、ウィギー、弱気になるのはやめてもらいたい。われわれには、そんな余裕などないのだから。ここでのやりとりの内容を誰にも信じてもらえないのは、確かだ。当然だ。わたしだって信じないだろう。それに、きみが自信を喪失するような判断ミスをいくつか犯したのも、確かだ。とはいえ、ウィンタートン博士が死に、ジョーが死に、わが愛しのメアリーが死んだいま、つぎに命を落とすのがわたしだとするならば、わたしはこれらの情報がきみのところで消えてしまわないことを――きみが薬をのんですべてを忘れようとしたりしないことを――知っておく必要がある！

きつい言い方になってしまって、すまない。この七十二時間、あまり寝ていないんだ。唯一の明るいニュースといえば、わたしの手もとには例の小冊子があるということくらいだ。きみも目をとおせるように、スキャンしたものを添付しておく。それと、ありがたいことにワトソンは無事だ。きみが彼のことを気にかけてくれて、感動している。とはいえ、それ以外では、あまりいい知らせはない。きのうの朝、わたしの携帯電話にトニー・ベリンガムと名乗る人物から連絡があった。名前を聞いてもぴんとこなかったが、クリスマスのあとでお宅にうかがった近所のものだと説明されて、思いだした。わたしが苗字にまったく関心を示してこなかったお隣さんだ。彼の話によると、わたしの家に何者かが不法侵入し、かなり室内が荒らされているので、すぐに帰宅したほうがいいという。すでに警察がきていて、わたしがすぐには戻れないというと、かれらからその理由を問いただされた。そこで、わたしはいま重篤な状態にある友人につきそって病院にいるので、しばらくしてから帰る、とこたえておいた。とはいえ、そうするつもりはなかった。それだけは、避けたかった。ひとつには、家のなかがかなり荒らされていると聞かされたからだ。あの七面倒くさい荷解きをようやく終えて、わたしが出かけるときには、ほんとうにきれいにかたづいていたというのに。

そのあとで病院にいってみると、病棟には警察がきていた。そして、かれらからなにが起きたのかを知らされた。夜のあいだにウィンタートン博士が亡くなったというのだ。だが、死因は彼が負った怪我や失った血とはなんの関係もなかった。窒息《ちっそく》による死——しかも、それは殺人だった。鎮静剤を投与されていたウィンタートン博士には襲撃者に抵抗するだけの力はなかったと思われるが、警察にとって謎なのは、犯人がどうやって病室にはいりこんだのかだった。いっておくと、ウィギー、このときのわたしはじつに冷静にふるまった。ショックを受けてはいるものの恐怖はおぼえてはいない、気がかりではあるもののうちひしがれてはいない、というふうを装ったのだ。ほんとうは、その場にくずおれて、「あの邪悪な猫どもがやったんだ！　くたばれ、邪悪な猫ども！」と叫びたかったのだが、ほかのみんなとおなじように、この世にそんなひどい悪が存在していることに愕然としているふりをしなくてはならなかった。そこで、わたしは「どうして、また？」とか「かわいそうに」とか「誰がそんなことを？」といったどうでもいい言葉をならべたて、自動販売機の甘ったるい紅茶のカップをさしだされると、おとなしく受けとって、ショックでまだ家には帰れないとでもいうように、廊下でぐずぐずしていた。だが、そのほんとうの目的は、そこに長くいすわって、まえの晩の状況をくわしく知ることだった。

こうして得た情報をつなぎあわせたところによると、ウィンタートン博士の病室は一階にあり、窓はすこしあけたままになっていたものの、外から誰かがはいりこむには高すぎる位置にあるため（もちろん、力をそなえた巨大で筋力のある猫であれば話は別だ）、犯人がそこから侵入した可能性は排除されていた。とはいえ、看護師の話では、それが殺人であるのは間違いなかった。彼女がナース・ステーションですわっていた午前四時ごろ、ウィンタートン博士の心臓モニターの警報音が聞こえてきたので急いで病室に駆けつけてみると、博士の顔は真っ青になっており、枕――および、博士の全身――が、動物の毛のような不気味な黒い毛に覆われていたからである。寝ているウィンタートン博士を窒息死させたのが誰であれ、きっと黒い毛皮のジャケットかコートを使ったにちがいない、というのが看護師の見立てだった。

かわいそうなウィンタートン博士。きっと彼は、こう考えていたのではあるまいか（実際、わたしはいま彼にかわってそう考えている）――あの運命の日に、アクロポリスの丘であんなことをしなければよかった。猫を枝編み細工のかごにいれて連れ帰ったりせずに、石造建築の廃墟の絵を描き終えたあとで、道具を学生かばんにしまって両親のもとへ戻り、一家三人での長い船旅で帰国の途《と》についていればよかった……。だが、彼はロジャーのような猫について読んだことがあった。口に出してそういった（「おまえのような猫について読んだことがある」）。そして、それが彼の運の尽きだった。たしか、ロジャーはきみにこう語っていた――自分はあの日、アクロポリスの丘でおのれの傲慢《ヒュブリス》への天罰を受けたのだ、と。結局、それはウィンタートン博士にもあてはまったわけだ。

時間がなくて、わたしはまだシーウォードの小冊子を精読していない。だが、中身のほとんどはがっかりするほどありきたりで薄っぺらい語句で占められているように見受けられ――〝猫の王、魔界《ベルゼブブ》の君主万歳！〟とか――はじめて本をひらいてざっと目をとおしたときには、泣きそうになった。メアリーとウィンタートン博士は、こんなもののために命を落としたのか？　まさに悪の凡庸《ぼんよう》さだ（哲学者ハンナ・アーレントの提示した考え）。これを書いたのがほんとうにシーウォードだとするならば、彼はとんだマスかき野郎（汚い言葉で申しわけない）だったにちがいない。なにせ、〝そして、地獄の炎から猫のなかの偉大な猫がいでし、猫のなかの猫を称えよ〟といった文句が、えんえんと何ページもつづくのだから。とはいえ、あきらめるつもりはない。七ページ目で、すごく気になるものを見つけた。グランド猫マスターのリストだ。一六九一年のアイザック・ニュートン卿を筆頭に、リストには全部で一ダースほどの名前がならんでいる。当然、そこにはジョン・シーウォードの名前もふくまれているが、それだけでなく、ひじょうに興味深いことに、シーウォードはここで自分の後継者を指名してもいる。

きみにはまだ土曜日の晩の出来事を最後まで伝えていなかったが、だいたい想像はついているのではないかな。午後六時にわたしが非常口のドアをあけたとき、ウィンタートン博士はすでに地面に倒れていた。頭と首から血を流し、悲鳴をあげながら手足をばたつかせ、身体にのっている黒い塊《かたまり》を払いのけようとしていた。非常口のドアをあけると同時に作動した警報機の音に驚いて、キャプテンは逃げていった。そう、それは間違いなく彼だった、ウィギー。その巨大な黄色い目が中庭の闇のなかからこちらをうかがうのが見えたのだ。警備員のマイクは、驚くほどのはやさで現場に駆けつけた。実際、盗んだ本をこっそりウィンタートン博士に手渡すというわたしの計画は、絶対に上手くいかなかっただろう。わたしたちはその場で捕まっていたはずだ。マイクはわたしに救急車を呼ぶよう指示するかたわら、ウィンタートン博士に応急手当をほどこした。そして、この出来事にひどく動揺していたので――もちろん彼は、以前どうにかして図書館にはいりこんだ猫のことを知っていた――わたしの用意しておいたどうしようもない言い訳――紅茶を飲んだあとで居眠りしてしまって、間違ったドアをあけてしまった云々――には、まったく興味を示さなかった。ある意味では、キャプテンははでな行為で注意をそらすことで、わたしが小冊子を図書館からもちだすのに手を貸してくれたといえそうだ。

ウィギー、わたしはいま別のB&Bへ移ることを検討している。いまいるところの強烈な消臭剤から逃れるためだけでなく（とはいえ、それだけでもじゅうぶんな理由になるが）、長いことおなじところにとどまるのは賢明ではない気がするからだ。機会がありしだい、あたらしい住所を知らせる。それまでに、例の小冊子によく目をとおしておいてもらえないだろうか？　わたしはなにか重要なことを見落としているにちがいない。そのあいだに、わたしのほうはグランド猫マスターのリストに載っていた最後の人物について調べてみるつもりだ。なぜなら、『九つの生』に書かれている数多《あまた》のくだらないたわごとからわずかに推察されるのは、その人物こそがすべてを阻止するための鍵を握っているということだからだ。小冊子の最後のページを見てもらえると、ありがたい。そこには、グランド猫マスターが所持する〝卑しめるもの〟なる儀式用の道具についての記述がある。それはいったい、どういうものなのか？　〝輪が閉じる〟ことと関係があるのか？　さっぱりわけがわからない。とはいえ、きみにも想像がつくだろうが、わたしはいまあまりまともに考えられない。ウィンタートン博士を失ったのは、じつに大きなショックだった。それに、いらだたしくもある。ウィンタートン博士は知識の宝庫だったのだ！　たとえ邪悪なしゃべる猫の情報源としては腹立たしいほどもどかしい人物であったとしても、彼はロジャーと――より重要なことに、ロジャーの過去と――直接つながっていた。それがいまでは、病院のベッドでおそらくはキャプテンに顔にのっかられ、弱々しくもがき苦しみながら死んでしまった！　この先、自分がどういう悪夢にくり返し悩まされることになりそうか、想像がつくような気がする（そもそも、わたしに〝この先〟があればの話だが）。
　ここで自己憐憫《れんびん》にひたっているわけにはいかないが、それでもわずか三週間まえの自分のことを考えずにはいられない。そのころ、わたしは人里はなれた海辺のコテージにいて、円を描いて浜辺を駆けまわるワトソンをながめていた。メアリーの不可解な突然死がもたらした喪失感のなかで、甘い感傷にふけっていた。当時はまだなにも知らなかったなんて、とても信じられない。想像もできない。たしかロジャーは自分の生涯をきみに語ったときに、こんなことをいっていた――いったんそれまでとは異なるやり方で世界を見るようになると、以前の見方には戻れなくなる。この二週間、わたしは整理しきれないくらいたくさんのあたらしい見方に対処しなくてはならなかった。たとえば、メアリーはただ死んだわけではなかった。猫というのは人殺しのクソ野郎だ。窒息死した男の枕に残されている大量の黒い毛は必ずしも黒い毛皮のジャケットによる犯行を示唆《しさ》するものではない。図書館には――わたしが勤務していたころから――邪悪な猫の神秘にかんするものが保管されていた。さらにジュリアン・プリドーにかんしていえば、ほんの数日まえまで、わたしは彼のことを地球上でもっとも怠惰な司書だと考え、自分の椅子の背にふけだらけのカーデイガンをかけることでさぼりをごまかそうとする彼のやり方を馬鹿にしていた！　みんなが五十八歳で退職させられるのに（わたしもそうだ）、なぜ彼だけが七十歳でもあの職にとどまっていられるのかを不思議に思っていた！

そしていま、わたしは小冊子で見つけたリストから、そのジュリアン・プリドーがグランド猫マスターであることを知っている。一九六四年九月三日にジョン・シーウォードがハーヴィル邸の庭で首を吊ったあとで、魔界の君主《ベルゼブブ》からじきじきに任命され、以来五十年間、その地位にとどまりつづけていることを。

（ところで、きみが送るといっていた動画のリンク先は、まだ届いていない）

テレパシーによるメッセージ（通称Eミャオ）

送信者　猫のロジャー
日時　一月二十日　火曜日　朝
宛先　グランド猫マスター　ジュリアン・プリドー
件名　猫マスター万歳

猫マスター万歳。ロジャーです。偉大なる司書にして〝卑しめるもの〟の所有者たる貴方様の御前へ、比喩的な意味でいざり寄る許可をいただけますでしょうか？　絶大なる猫の力と実力者との広い人脈をもつ貴方様をまえにして、わたくしめはただもうひたすら恐縮するのみでございます。

プリドーからロジャーへのEミャオ

発言するがよい、ロジャー。これは存外の喜びだ。

ロジャー

でしょうね。

プリドー

とはいえ、その嫌味たっぷりな口調はあらためてもらえるとありがたい。先日、魔界《ベルゼ》の君主《ブブ》本人から、わたしがおまえたち猫から然《しか》るべき敬意をはらわれていないというお叱りを受けたところだ。彼はキャプテンがわたしを〝ダチ〟呼ばわりしはじめているのを知って、わざわざ伏魔殿から御輿《みこし》をあげてこられたのだ。わたしは彼にこういった――「時代は変わったのです、魔界の君主《ベルゼブブ》。かつてのような敬意はどこにも存在しません。人びとは携帯電話に夢中で、それを見ながら自転車で歩道を走ったり、赤信号でも平気で横断歩道を突っ切ったりします」

ロジャー

それを聞いて、彼はなんと？

プリドー

ああ、いつもの決まり文句を口にしていたよ。彼にとっては、どうでもいいことなのだ。

ロジャー
『フォースタス博士』のメフィストフェレスを気どって、「ここは地獄で、わたしはその一部だ」という台詞を引用してみせた？

プリドー
大当たりだ。

ロジャー
彼はいつでもマーロウの戯曲のその台詞を口にします。ウケると思って。

（間）

ロジャー
どうしても、そちらのお耳に入れておきたいことがあって。

プリドー
なんだ？

ロジャー　ウィンタートンのことです。彼は集中治療室で手際よく始末されました。猫のボディサーフィンによる窒息で。

プリドー　ロジャー。おまえは動揺しているのか？　おそらく、そうなのだろうな。

ロジャー　まさか、とんでもない。わたしは激怒しているんです。

プリドー

ロジャー、ロジャー、ロジャー。もしも正式に苦情を申し立てたいのなら――

ロジャー　魔界の君主《ベルゼブブ》にですか？

プリドー　まあ、形式上は、彼がわれわれの管理責任者だからな。

ロジャー　たしかに。とはいえ、彼がつぎのことを知ったら、なんというでしょうか？　あなたの無能さゆえに、現在アレック・チャールズワースなる司書が『九つの生』を所持しており、それを使用するつもりでいることを知ったら?

プリドー　なに?　いまなんと?

ロジャー　『九つの生』は、現在アレック・チャールズワースの手もとにあります。

プリドー　定期刊行物部門のアレックか?　わかっているだろうが、もしもこれがなにかの冗談ならば――

ロジャー
冗談ではありません。

プリドー
なんということだ。『九つの生』が定期刊行物部門のアレックのような男の手中にあるとは！　ロジャー、あの本にはすべてが説明されているのだ！

ロジャー
承知しています、悪魔の代理人よ。そして、そのなかには、どうやったら猫マスターを殺せるのかという説明もふくまれている。

プリドー
よく聞くんだ、ロジャー。わたしを脅すのはよせ。魔界の君主《ベルゼブブ》ご自身が――

ロジャー
ああ、魔界の君主《ベルゼブブ》なんてクソくらえだ。

プリドー
ロジャー！

ロジャー

わたしはこの定期刊行物部門の男に手を貸すつもりです。彼はテニソンの詩が好きで、飼い犬にシャーロック・ホームズの登場人物の名前をつけ、危機に際しては『ジェーン・エア』の一節を思い浮かべてさえいる。

プリドー

ロジャー、ロジャー。落ちついて、よく考えろ。ウィンタートンの件でおまえが動揺するのも、無理はない。だが、キャプテンがいずれは彼を仕留めるであろうことは、まえまえからわかっていたのではないか？　そもそも、ウィンタートンがこれほど長いことキャプテンから逃れつづけていられたのが、奇跡だ。キャプテンはずっとウィンタートンを責めていた――その昔、アクロポリスの丘でおまえを連れ去った件で。おまえとキャプテンが戦後にシーウォードの屋敷でいっしょに暮らしていたころでさえ、彼の頭の片隅にはウィンタートンのことがあった。ちがうか？　キャプテンはそれを意識していた。おまえが二度目にキャプテンのもとを離れたとき――みずからえらんでキャプテンのもとを離れたとき――彼は胸の張り裂ける思いをした。

ロジャー

そのまえにまず、わたしが彼のせいで胸の張り裂ける思いをした！ いえ、すべてはすんだことです、偉大なる猫マスター。わたしは年老いて、うんざりしています。歩道を自転車で走る人を見て、〝ここはまさに地獄で、わたしはその一部だ〟と考えるようになってきている。昨夜、わたしは計算しました、猫の邪悪さの君主よ。わたしは全部で八名の死に責任がある。

（間）

ロジャー　いまここで、あなたに通告します。わたしはそれを九名にするつもりです。

プリドー　いいかな、ロジャー。知ってのとおり、おまえにはわたしを殺すことはできない。おまえに猫マスターは殺せないのだ！　ロジャー――？

ロジャー　あの本を読めば、できます。

プリドー

ロジャー――！

ロジャー
魔界の君主《ベルゼブブ》万歳。地獄で会いましょう。

プリドー
ロジャー！　ロジャー？　ああ、**ちきしょう**。

送信者　ウィギー
日時　一月二十日　火曜日　午前八時四十五分
宛先　アレック

件名　『九つの生』

アレックさま

どうかこのメールがきちんとそちらに届いていますように。もう何時間も、例のいまいましい小冊子を読んでいる。そいつがマスかき野郎のたわごとだってあんたの意見に、ぼくも賛成だ。とはいえ、そう、妙にもっともらしくもある。あんたがインターネットで見つけた記事を覚えているだろ？　ハーヴィル邸のちかくに住む老人の飼い猫が行方不明になって、戻ってきたときには《神を称える歌》に肉体的な拒絶反応を示すようになっていたってやつ。なぜかわからないけど、その話が頭から離れない。

動画サイトにあった別の映像のリンク先を送らずにいて、すまない。今度は忘れないようにする。ほんとうに一見の価値があるんだ、アレック。マジでやばいから。

例の小冊子でいちばん興味深いのは、猫というのは基本的にどいつもこいつもひと皮むけばロジャーみたいなクソ野郎だけど、何世紀もたつうちに大きな悪をなす力をじょじょに失っていった、ってことがほのめかされている部分だ。あんたも気づいてたかな？　シーウォードいわく、ロジャーやキャプテンのような並はずれた猫は奇跡の産物というわけではなく、たんにほかの猫たちのように退化しなかったというだけのことらしい。とりあえず、ぼくの解釈はそうだ。もしもそれが正しいのだとすると、猫の行動の多くに説明がつくような気がするんだけど、ちがうかな？　たとえば、猫は人間にむかってしゃーっとうなるとき、本気でこちらがその場で倒れて死ぬことを期待している。なぜなら、以前はそうなっていたからだ。そのため、こっちが無傷のまま涼しい顔でそこに立っていると、連中はすごくかちんとくるんだ！　猫ってのは、いつだってむすっとしている。不機嫌だ。でも、その理由は？　人間はこう自問する――〝どうして猫はいつでもあんなに腹をたてているんだろう？　家のなかのいちばんいい場所を占領し、食事も暖も愛情もあたえられているのに。なにもかも、こちらの都合などおかまいなしに好き勝手にやらせてもらっているのに。自由気ままにいったりきたりしているのに。それなのに、どうしていつでもご機嫌斜めなんだ？〟まあ、さっきの説明で、その疑問に対する答えは出た。連中は自分たちが大きな悪をなす力を失ったことを日々思い知らされて、すごい屈辱感をおぼえているんだ。

それに、ふつうの猫の多くが、自分たちは不当に魔王から見放されたと感じている。シーウォードは、どうやら猫たちの世論調査みたいなものをおこなったらしい。それによると、すべての猫はいまでも魔王を崇拝しているようだけれど、同時に、自分たちが魔王から気にかけてもらっていないことに気づいている。魔王はほんとうの巨悪――そう、たとえばインターネットバンキングとかW型の不況とか――をこしらえるのに忙しすぎて、毛むくじゃらのちっちゃな子分にかまっているひまがないんだ。その子分が達成する悪といえば、せいぜい罪もないどうでもいい野生動物を殺すことくらいなんだから。そうそう、そいつも興味深いことのひとつだ！　猫が殺した小鳥やネズミを家に持ち帰って、わざわざ飼い主に見せるってやつ！　連中がそんなことをするのは、愚かにもわれわれを直立歩行するでっかい両親だと信じていて、そうすれば背中をなでたりしてもらえると考えているからだ、というのが一般的な解釈だ。でも、どうやらそれは完全な思い違いらしい。猫がそうする理由は、ただひとつ。いまのかれらには小鳥やネズミを殺すのが精一杯だけれど、殺戮《さつりく》をくり返してさえいれば、かつての強大な悪の力が戻ってきて人間も殺せるようになる、と期待してのことなんだ。なにはともあれ、この小冊子にはすごく面白いことがたくさん書かれている。シーウォードに対する評価はいろいろだろうけど、やつが猫のことを知りつくしていたのは確かだ。ほら、猫が膝の上にのってきて、脚の付け根を前肢《まえあし》で揉《も》むような感じで踏みつけてくることがあるだろう？　あれも、ある行動が退化した名残なんだ。その昔、猫はそうやって人間を殺していた。人懐っこいふりをしてから、太ももの動脈を切断することで！　猫がごろごろ喉を鳴らすのは人間を催眠状態に陥らせるためで、それで獲物が麻痺《まひ》して手も足も出なくなったところで、鉤爪《かぎづめ》で仕事にとりかかるってわけだ！　どうやら猫は、いまだにそうした行為におよぼうとして、不首尾に終わっているらしい。猫の奇妙な行動を進化の観点から説明してもらうのって、ほんとうに最高だ。そうは思わないか？

アレック、あんたにいっておかなきゃならないことが、ふたつある。どうか怒らないでもらいたい。まずひとつめは、すごい決断力と勇気をあらわす事例じゃないかと思う。最後のメールで、あんたはこれからグランド猫マスターについて調べてみるつもりだと書いていた（あまり具体的な記述はなかったけれども）。それで、こっちはひたすら小冊子の巻末にある〝卑しめるもの〟のところを読み返していたら、急にそれがなにを指しているのかひらめいたんだ。あんたがそれを手にいれていないのはわかっていたし、できることなら手にいれたいと考えているのは見当がついた。じつは、いままでずっと黙っていたけれど、すごい偶然で、ぼくはあんたが勤めていた図書館からほんの三つ通りをへだてたところに住んでいるんだ。しかも、たまたまカール‐クイック印刷サービスの上階に。だから、あんたが先週の土曜日の晩の計画でうちの階下の店のことをもちだしてきたときには、すごくびっくりしたよ！　これまでそのことにふれなかったのは……まあ、訊かれなかったからだ。だろ、アレック？　あんたはこうは書いてこなかった――〝ところで、住まいはどこなんだい、ウィギー？　まさかケンブリッジじゃないよな？〟それに、自分がこの件にかかわりあいたいのかどうか、はじめのうちははっきりしなかったというのもある。

とにかく、ぼくはあんたから送られてきた図書館の見取り図をじっくりと調べて、けさ、いちかばちかでやってみることにした。かなり気の利いた調査目的をでっちあげて、それを口実に図書館に入れてもらうと、何度か迷ったあとで階段Bを見つけ、ついにはプリドーのオフィスにたどり着いたんだ！　ぼくは完全に準備ができていた。オフィスにプリドーがいたら、こういうつもりだった――「製本技法部門《バインダリー》の移転まえのオフィスをさがしていて（〝バインダリー〟ってなんだ？）、迷いこんでしまったんです」例のおぞましいカーディガンについて、なにか感想をいってもいいかもしれない、とさえ思っていた。でも、どのみち彼はいなかったから、ぼくは難なく目的のものを手にいれた。アレック、〝卑しめるもの〟を手にいれたんだ！　もちろん、それをどう使うのかは、まったくわかっていない。けれども、それはいま、これを書いているぼくの目のまえにある。すごく誇らしい気分だ。

いっておかなきゃならないもうひとつのことは、いまのほど良くない知らせだ。ロジャーから聞いたあることを思いだしたんだ。ほら、以前のメールで、あんたはこんなふうに書いてただろ――

フォルダにあった音声データでは、ロジャーは戦争中を大英博物館ですごしたところまでしか語っていない。だが、ふとこう思ったんだ――録音されていないだけで、彼はそれ以外にもきみにいろいろとしゃべっていたのかもしれない。

そういうわけで、ぼくはロジャーからこういわれたのを思いだした――「わたしはきみのEメールにアクセスする方法を知っている」すまない。もっとまえにいっておくべきだったし、何度もいおうとは思っていたんだ（とりわけ、最初のメールで、あんたから友だちになってもらいたい、記録の保管者になってもらいたい、と請われたときとかに）。でも、そのたびに忘れちゃってて。

ほんとうにすまない、アレック。だって、ということは、あんたから送られてきたメールは、すべてロジャーに読まれているのかもしれないわけだからね。とにかく、念のために、今後は重要なことは一切、い、い、メールで伝えないほうがいいだろう。Wx

送信者　アレック
日時　一月二十日　火曜日　午前八時四十五分
宛先　ウィギー
件名　不在時の自動応答　Re:『九つの生』

わたしはいまかなり忙しくて、ほとんどコンピュータのまえにすわっていられない。もしもこれを読んでいるのがウィギーならば、わたしはこれからハーヴィル邸へむかうつもりだ（他言無用のこと）。

送信者　ウィギー
日時　一月二十日　火曜日　午前八時四十八分
宛先　アレック
件名　自動応答の設定は変えたほうがいい

アレック、自動応答の設定は変えたほうがいいと思う。すまない。理由は、このまえ送ったメールに書いたとおりだ。　ウィグスx

第四部　ドーセット

この手記の最後の部分をどこからはじめたものか、ずっと決めかねている。実際、いわゆる〝大団円〟というやつの記憶をすべてまとめあげようとして、空白のコンピュータ画面を一日半みつめつづけたあげくに、あきらめたくらいだ。すこし待つべきなのだろうか？　時期尚早なのか？　思えば、それが起きてから、まだ一週間しかたっていなかった。しかも、それは誰が見ても心に深く大きな衝撃をあたえるような出来事だった。だが、ぐずぐずしていたら記憶が薄れていってしまうのではないか？　なにかを忘れてしまうのでは？　そして、これを正しく記録するのは、わたしの責務ではないのか？　わたしは、答えの定まらないいくつもの疑問に苛《さいな》まれている。いろいろ考えあわせると、ここは男らしくさっさとすませてしまうべきなのだろう。したがって、いまからそうするつもりだ。紅茶をもう一杯飲んでから、冷静さを取り戻し（そして、〝男らしく〟などという生まれてから一度も使ったことのない遺憾《いかん》な表現をくり返さないようにし）、なにひとつ書き漏らしていないことを切に願いつつ、筆を進めるのだ。

このたびの結果にかんする基本的な事柄を確認しておけば、書くいいとっかかりになるのではないか、とわたしは考えた。いわば、それを指標にするのだ。そこで、簡単なことではなかったが、以下にあげる選択式の質問にとことん正直にこたえた。それを見てもらえればわかるとおり、いくつかの点にかんして、わたしはいまだにきちんとむきあえずにいる（とくに、三つめの質問がそうだ）。とはいえ、ずば抜けてきつかったのは、ふたつめの質問だった。それに対する答えは、いまからでも逃げ腰の〝そうとばかりもいえない〟から〝はい、最低の気分だ〟に変更するかもしれない。なぜなら、すべては自分の責任だったのではないか、という思いから逃れられずにいるからだ。たとえば、ワトソンを例にとろう。なんの罪もないワトソンが——誰にでも愛想が良く、勇敢きわまりない彼が——ハーヴィル邸にいくことになったのは、まぎれもなくわたしの責任だった。同様に、ウィンタートン博士があの土曜日の運命の晩に図書館の外でキャプテンと鉢合わせすることになったのも、そうだった。さらには、わたしが強く主張しなければ、ウィギーがわたしの調査に巻きこまれて、あのときあの場にあらわれることはなかっただろう。すべてを自分の責任にしたくなるものの、ひとつ忘れてはならないのは、突き詰めれば、この件では魔界の君主《ベルゼブブ》とその代理人たち——すなわち、十七世紀から連綿とつづく猫マスターたち——のほうがわたしなどよりはるかに非難されるべき存在であるということだ。

なにはともあれ、わたしが自分に問いかけた質問は以下のとおりだ。

1　全般的に見て、結果は上々といえるか？
□　はい、大成功だ　□　いいえ　☑　そうともいえない　□　こたえたくない

2　結果が上々ではない場合、それはあなた自身の責任か？（よく考えること）
□　はい、最低の気分だ　□　いいえ　☑　そうとばかりもいえない　□　こたえたくない

3　この件で傷ついたものはいるか？
□　はい　□　いいえ　□　そうともいえない　☑　こたえたくない

4　邪悪な猫は世界から排除されたか？
☑　はい、奇跡的に　□　いいえ、心配なことに　□　まだわからない

5　猫に対する現在の感情は？
□　大好き　□　関心がない　☑　愛憎半ばする　□　大嫌い

6　自分に未来があることへの感想は？
□　うれしい　□　ほっとしている　☑　なにも感じていない　□　こたえたくない

7　ちかい将来、ドーセットで休暇をすごすつもりはあるか？
□　はい　□　いいえ　☑　冗談じゃない

そんなこんなで、わたしはハーヴィル邸へとむかった。出発したのはウィギーに最後のメールを送った直後で、いまその送信日時を見ると、火曜日の午前六時三分となっている。あと知恵にはなるが、このときすこし時間をおいて、きちんとした計画をたてるべきだったのだろう。それに、いくらか寝ておくべきだった。だが、わたしは腹をたてていたし、動揺していた。家に帰るわけにもいかず、かといって、B&Bのあのいまいましい消臭剤の匂いにはもはや耐えられなかった(その匂いのおぞましさにかんしては、いくら強調してもし足りないくらいだ)。それに、なにかせずにはいられない気分だった。そこで、わたしはワトソンを助手席にすわらせて犬用のシートベルトにつなぐと、フロントガラスの氷をできるだけ取り除き、暖房を強くしてから、カーナビにドーセットの住所を入力した。その日のケンブリッジの朝は凍えるように寒く、天気予報では夕方までにイングランド南部全域で大雪が予想されていた。だが、わたしはそんな暗い見通しにも挫《くじ》けなかった。それどころか、逆にますます気持ちがはやりたった。カーナビによると予定到着時刻は午前十時二分で、四時間もかからない計算だったが、わたしは分別を働かせて、その情報を額面どおりには受けとらなかった。カーナビというのは、いつだってこんなふうにきわめて精確な――そして、きわめて無責任な――予測をしてみせるものなのだ。肝心なのは、日のあるうちに目的地に到着して、大雪にあわないようにすることだった。出発したときの予定では、無事にロンドンの南西部に着いたら車をとめ、朝食で必要な栄養分をとって人心地がついたところで（まともな食事は、土曜日に図書館の冒険に出かけるまえ以来となる）、いよいよ本格的にシーウォードの小冊子を調べるつもりだった。そこに書かれている貴重な情報で、あの巨大で凶悪な黒猫の息の根をとめる方法がついにわかる、とわたしは確信していた。そいつはまず、図書館のなんの罪もない小さな自習室をずたずたにすることでわたしの妻を震えあがらせ、そのあとで今度はわが家にきて庭で邪悪なうなり声をあげることで彼女の命を奪ったのだ。

ワトソンは助手席で眠っていた。かたわらですやすやと寝息をたてている彼を見ていると、ふとこんな疑問が頭に浮かんできた――彼は忘れずに軍医時代の古い軍用拳銃をもってきているだろうか？　とはいえ、その質問をするためだけに彼を起こすのは、あまりにも冗談がすぎた（たとえ、軍用拳銃がらみの台詞を口にする機会が一生のうちでいまくらいしかないとしても）。《トゥデイ》に十分ほど耳をかたむけていたが、そこでラジオを切らずにはいられなくなった。現実世界のニュースは――財政赤字とかシリアといった火急の問題をとりあげたニュースは――スケールの点でも重要性の点でも、どうでもよく感じられた。そういえば、わたしの関心は、かなりまえから猫がなす悪以外にはむかなくなっていた。以前のわたしを考えると、まったく驚くべき変化だ。『ガーディアン』を毎日欠かさず読み、ひどく体調がすぐれないか国外にいるときでないかぎりはＢＢＣの《ニュースナイト》をかならず観て、風刺雑誌の『プライベート・アイ』に洒落《しゃれ》の利いた手紙を投稿していた――そして、ときどき掲載されていた――男が、一夜にしてここまで完全に哲学的な人間になるなんて、いったい誰が想像しえただろうか？　だが、実際にそれは起きていた。わたしにとって、もはやニュースで報じられている出来事は、それが経済の破綻《はたん》であれ政治の偽善であれ社会の崩壊であれ、〝ニュース〟ではなくなっていた。それらは、聞くものに恐怖と不安をあたえ、さらには見当外れのことでパニックを起こさせるための、あけすけな計略にしか思えなかった。

ロンドンを迂回したところで雪が降りはじめ、焦りをおぼえたわたしは、そこでかなり愚かな決断をくだした。ひと休みして朝食をとるのをやめたのだ。白状すると、この日、わたしはいくつもの判断ミスを犯した。そして、すでに空腹でふらついていたにもかかわらず朝食を抜かすことにしたのは、間違いなく、このあとにつづく数多《あまた》の過ちの原因となっていた。わたしは必要に迫られて、明かりの煌々《こうこう》と灯るエッソのガソリンスタンドに立ち寄った（ガソリンを入れ、用を足すためだ）。ワトソンを車から降ろして肢《あし》をすこしのばさせ、路傍《ろぼう》の汚れた草むらを嗅ぎまわらせたりもした。だが、それだけで、あとはこのまま車を走らせつづけるのがいちばんだと考えた。いまは先を急いで、食べるのはあと――それが、自分を過信したわたしの計画だった。州境を越えてドーセットにはいるころには、雪はますます激しくなっていた。道路の両脇にある草地や屋根や車まわしはいちめん真っ白になりつつあったが、日があるうちはまだ道路が通行可能だったので、わたしは運転をつづけた。旧式のワイパーが騒々しい音をたててフロントガラスの雪を端へ押しのけると、ヘッドライトのなかに浮かぶ無数の小さな粒がつぎつぎとこちらにむかってくるのが見えた。眩暈《めまい》がしてきそうだった。以前ならば、こうした精神的に疲弊《ひへい》するドライブでは、メアリーと交互にハンドルを握ったものだ。だが、いまはわたしひとりで時速二十五キロののろのろ運転をしていたので、退屈を紛《まぎ》らわすには、カーナビをこまめに確認するくらいしかなかった。カーナビはなんの屈託もなく、予定到着時刻をせっせと変更していった（午前十時五十三分！　午前十一時二十七分！　午後一時三十二分！　午後二時七分！）。もちろん、いまのいままで馬鹿馬鹿しいくらい甘い見通しをたてていた自分の非を認めたり謝罪したりする言葉は、いっさい聞かれなかった。

ハーヴィル邸の門の百メートル手前で（〝目的地まで、あと百メートルです〟）、わたしは車を古ぼけた塀のそばにある街灯の下の待避所にとめた。そして、エンジンを切ってワイパーを止めると、雪がフロントガラスに音もなくゆっくりと降り積もるにまかせた。考える必要があった。ここまで運転してくるあいだじゅう、ウィギーのメールに書かれていたあることが頭にひっかかっていた。ロジャーの話に夢中になるあまり姉をさがすのを怠っていた、とウィギーが気づいて愕然とするくだりだ。自分も似たようなことになっているのではないか？　メアリーを悼むのを忘れてしまっているのでは？　もちろん、ウィギーもわたしも、自分はこの猫の件に直接かかわっているのだから仕方がない、と主張することができた。だが、事実から目をそむけるわけにはいかなかった。海辺の休暇から戻って、お隣のトニー何某《なにがし》から訪問者のことを聞かされたとき、わたしは喜びをおぼえていた。興奮していた。もっと多くの情報が得られると考えて、わくわくしていた。空白部分を埋めたくてたまらなかった。その時点では、メアリーの死にロジャーやキャプテンやウィンタートン博士がかかわっていることなど、つゆほども知らなかったというのに。たしかに、わたしがとりつかれたように熱心にこの件を追究しつづけてきたのは、メアリーの仇《かたき》を討つためだといってよかった。そこには、一抹の真実がふくまれていた。だが同時に、邪悪な猫をおいかけてきたのは、メアリーの死による大きな喪失感から逃れるのにすごく効果があったからだと、認めざるをえなかった。

わたしは急速に冷えていく車のなかで——八年前にメアリーといっしょに買った車だ

——孤独と愚かさと疲労を感じていた（すこし寒くて、なによりも空腹で力がでなかった）。雪がしんしんと容赦なくフロントガラスを覆いつくし、ワトソンとわたしを外の景色から完全に切り離していくのを、むっつりとした満足感とともにながめていた。外がまったく見えなくなり、車内が奇妙な黄色っぽい薄闇で埋めつくされると、わたしはようやく緊張を解いて目を閉じた。そして、涙を流した。

当然、ここでもまたワトソンが貧乏くじをひかされていた。「ワトソン、すまない」わたしはなにをしたのだろう？　なぜ、われわれはいまここにいるのか？　わたしは大雪のなかを車で国を半分縦断し、おそらく自分と犬を不必要な危険にさらしていた。それというのも、ある件に決着をつけるためだった。そもそも、その件には決着がつくかどうかさえさだかでないのに。

わたしは犬用のシートベルトをはずして、ワトソンを膝《ひざ》の上にひき寄せた。彼は犬がいつでもやるように、わたしの顔の涙をなめとってくれた（犬はその味が好きなのだ）。わたしは礼をいって笑みを浮かべ、じょじょに気を取り直した。そして、「ワトソン」とため息まじりにいった。「これが典型的な転位行動でないとするならば、なにがそれにあたるのか知りたいものだな」

そのとき、ワトソンとわたしは同時にそれを耳にし、それを感じた。なにかが車の屋根に軽やかに着地していた。ワトソンが吠えはじめ、わたしは彼を黙らせようとした。ここで分別が働いていたなら、わたしはエンジンをかけてワイパーを動かし、すみやかにその場を走り去っていただろう。だが、ことはそう単純ではなかった。ひとつには、この壊れやすい雪の繭《まゆ》のなかの平穏な世界をかき乱すのは忍びない、というのがあった。それに、外にいるものの姿を見たくなかったし、外にいるものにもこちらの姿を見られたくなかった。

「すぐにいなくなるかもしれない」わたしはワトソンに小声でいった。

だが、車の屋根に着地したものは、ボンネットに飛び降りてきた。車体がすこし揺れたが、ありがたいことにフロントガラスの雪をずり落ちさせるほどではなかった。わたしは片手をイグニッション・キーに、反対の手をワトソンの肩にまわしたまま、凍りついていた。ガラスと雪の層のむこうで——顔から二メートルと離れていないところで——ただの黒い塊《かたまり》が雪の匂いを嗅ぐかのように左右に動きまわっているのがわかった。ワトソンがうなり声をあげたが、それを責めるわけにはいかなかった。わたしもうなりたい気分だった。そういった状態が十秒くらいつづいただろうか。それから、さらに十秒。わたしが、ワトソンの肩にまわしていた手をハンドルに移し替え、「きっと大丈夫だ」とささやいたとき、フロントガラスに巨大な猫の前肢がものすごい勢いでぶつかってきて、ワトソンとわたしをぎょっとさせた。**バン！　バン！　バン、バン、バン！**　フロントガラスで固まっていた雪が砕けて飛び散り、目と鼻の先のボンネットでうなっている巨大な黒猫の恐ろしい姿があらわれた。キャプテンだった。

「そこから降りろ！」わたしは叫んだ（もっと気の利いたことをいえたらよかったのだが、残念ながらそうはいかなかった）。

「ワン、ワン、ワン！　ワン、ワン、ワン、ワン、ワン！」ワトソンが吠えた。

「降りろ！　降りるんだ！」わたしはくり返した。

「ワン、ワン、ワン！」ワトソンもくり返した。

わたしがエンジンをかけてワイパーを動かしても、キャプテンはひるむことなくフロントガラスを叩きつづけ、鉤爪《かぎづめ》で白いへこみや傷を残していった。まったく、あの鉤爪はなんで出来ているんだ？　こっちはどうすればいい？　わたしは図書館の個別閲覧机での彼の狼藉《ろうぜき》ぶりを思いださずにはいられなかった。つぎに彼がばらばらにひき裂き、鉤爪を食いこませるのが――そして、その鉤爪を血なまぐさい名刺代わりに残していくのが――わたしの身体だとしたら。こちらにできることといえば、車のギアを入れて、慎重に走り去るくらいしかなかった。車が動きだせば、きっとキャプテンはボンネットから飛び降りるのでは？　だが、そうは問屋がおろさなかった。実際、キャプテンにとっては、もう何日もまともな食事をとっていない退職したばかりの定期刊行物部門の司書がおそるおそるゆっくりと走らせるボルボのボンネットの上でバランスをとるのは、たとえそこに雪が積もっていて滑りやすくなっていようとも、造作もないことのようだった。

「そこから降りろ！」わたしはふたたび叫んだ。

だが、キャプテンは苦もなくボンネットにしがみつき、フロントガラスをひっかいたり叩いたりしつづけていた。すると——あろうことか！——ガラスにひびがはいりはじめた。ここでもわたしは、食事を抜かすことにした自分の愚かな決断を責めたい。あのとき手早くドライブインでソーセージ・サンドイッチでも食べていれば、すべてはちがっていたかもしれない。なぜなら、いつもならばハムレットのように熟考するわたしが、このときはそこまで突き詰めて考えられなかったからである。急ブレーキをかけてキャプテンをボンネットから落とすのはもっての外だというところまでは、きちんと頭が働いていた（ワトソンは犬用のシートベルトをしておらず、怪我をするかもしれない）。だが、それ以上のこととなると、完全に思考が停止していた。そのため、わたしはとんでもない行動に出た。滑りやすい道路でアクセルを踏みこんだのだ。エンジンを吹かして猛スピードでハーヴィル邸の門へとむかっていくあいだじゅう、わたしは馬鹿みたいに猫にむかって「そこから降りろ」と叫んでいた。それから、いきなり方向転換すればキャプテンをふり落とせるのではないかと考えて、ハンドルを切った。だが、車はコントロールを失い、然《しか》るべく横滑りをしながら、ものすごい勢いで右側の門柱にぶつかった。「ワトソン！」わたしは叫んだ。すさまじい衝撃でキャプテンがすっ飛び、煉瓦《れんが》の壁に激突した。左の後部ドアが内側にへこみ、かわいそうにワトソンは助手席のドアに叩きつけられた（そして、じつをいうと悲鳴まであげた)。

いいニュースとしては、状況が落ちついたとき、キャプテンの姿はどこにも見あたらなかった。悪いほうのニュースは、おそらくこれで車は使い物にならなくなっていた(おまけに、雪がさらに激しく降りはじめていた)。

とはいえ、エンジンはまだ奇跡的に動いていたので、わたしは思いきって車を走らせてみた。がりがりという不快な金属音とともに、ボルボはゆっくりとまえに進んだ。雪と破損したワイパーと傷だらけのフロントガラスのせいで、前方はほとんど見えなかった。キャプテンはどこにいるのか? 影も形もなかった。逃げだしたのか? 車のまえに横たわっているのか? もしかして……死んだとか? そのとき、車が路上の隆起物にのりあげるのがはっきりとわかり、わたしはこの先ずっと忘れないであろう奇妙な満足感をおぼえた。「おっと」わたしは声に出していった。実際に見たわけではないので、それがキャプテンだという確証はなかったが、もしもわたしの満身創痍の車が轢《ひ》いたのがキャプテンだとするならば——そう、万々歳だった。わたしはハーヴィル邸の車まわしを半分ほど進んだところで車をとめ、ワトソンを安心させるために抱きしめた。だが実際は、それは彼よりも自分を安心させるためだった。ワトソンは怪我していないだろうか? 彼は勢いよくドアにぶつかっていたものの、どうやら無傷のようで、この日の朝はやくに旅に出てからはじめて、まるで楽しんでいるかのように尻尾を小さくふっていた。犬がどれくらいまわりの状況を理解しているのかは、誰にもわからないことだ。それに、このときわたしはすこしばかり精神的なショックを受けていた。というわけで、断言はできないが、キャプテンを車で轢いたとき――もしくは、念のためにすばやく車をバックさせて、隆起物をもう一度轢いたときだったかもしれない――わたしはとなりでダニエル・クレイグの声がぶっきらぼうに「よくやった」というのを耳にしたような気がする。

　キャプテンを車でぺしゃんこにするのが計画の一部でなかったことは、いうまでもない。そもそもが、わたしには計画などなかった。したがって、もしもキャプテンが死んだというのなら、たとえそれが十字架や日光の照射や心臓を貫く杭《くい》のからんだ大がかりで劇的な最期ではなかったとしても、文句をつける筋合いはどこにもなかった。カタツムリが這うようなのろのろ運転で屋敷にちかづいていくあいだ（車まわしに積もった雪で、タイヤはかなり空回りしていた）、わたしはメアリーの父親がよくいっていた言葉を思いだしていた。ゴルフをしたときに、技術的にはきわめてお粗末なショットを連発しながらも、まずまずのスコアであがったときの言葉だ。「スコアカードには打つときの写真なんてついてないんだから、結果だけを気にしてればいいんだ、アレック！」突然、その独特な表現がいまの状況にもぴたりとあてはまることを痛感した。なぜなら、物語としての盛りあがりには欠けたかもしれないが、現在のスコアは以下のとおりだったからである。

アレック　1　猫　0

そして、それでじゅうぶんだった。たとえ、猫のなかでもとりわけ邪悪な猫の死が、造りの頑丈さで名高いスウェーデン製の最高水準の箱型乗用車によっていわば偶然にもたらされたものであったとしても。

なにはともあれ、キャプテンのことはすぐにわたしの脳裏から消えた。というのも、屋敷に着いたところで、はじめて実物のロジャーを目にしたからだ。そう、ロジャーはそこにいた！　例のねじれたチョコバーのようなエリザベス朝様式の煙突のてっぺんにすわって、灰色の縞《しま》模様の尻尾をゆったりと揺らしながら、わたしたちの車がちかづいてくるのをながめていた。それに気づいたとき、わたしは恥ずかしながら胸がときめいた。その折り紙つきの邪悪さにもかかわらず、ロジャーにはどこかしら、わたしを夢中にさせるものがあった。彼はあらゆる点でキャプテンとはちがっていた！　もちろん、この二匹の猫には共通点が多いことを忘れてはならなかった。ロジャーもキャプテンも九つの生をもつ猫であり、それゆえニーチェ哲学への志向を有していた。かれらは連れ立って古代文明の遺跡をロマンチックに旅してまわり（それも、しばしば月明かりの下で）、読書にいそしみ、詩を暗誦してきた。ダレル兄弟と懇意となり、なかでもいちばん感心させられることに、複雑きわまりないギリシャのフェリーの時刻表を使いこなしてきた。さらには、〈ロジャー〉のファイルで見た写真にあったように、いっしょに首吊り死体——かれらのこの世界における〝マスター〟である男の死体——の下の草むらで、のんびりとしあわせそうに横たわっていたこともあった。とはいえ、いまの両者は両極端の位置にいた。キャプテンが猫の最悪の部分——殺しへの本能、強烈な縄張り意識、鉤爪で強化ガラスを打ち砕くほどの凶暴性——だけを体現しているように思われるのに対して、ロジャーは猫のもっともいいところ——優美さ、美しさ、細いひげ、高い知性をうかがわせる物腰——をすべてあらわしていた。

わたしはエンジンを切って車から降りた。足が雪のなかに四、五センチほど沈みこんだ。

「ロジャー？」わたしが声をかけると、彼は流れるような動きで三度か四度跳躍し、地面におりてきた。夢を見ているようだった。

「アレック」ロジャーがいった。

彼はわたしのことを知っていた。どうやって知ったのか？　そんなことはどうでもよかった。彼は前肢をさしだした。わたしはかがみこんで、それを手にとった。緑の目。その透きとおるような緑の目の美しさについては、これまで誰もふれていなかった。

「地獄へようこそ」彼はそういって笑った。わたしも笑った。なんとまあ、ほんとうに信じられなかった。その声は、まさにヴィンセント・プライスそっくりだった！

「なかにはいろう。準備する時間はあまりない。犬は？」

いっしょに連れてきている、とわたしはこたえた。彼がどうやってワトソンのことを知ったのかも、やはり謎だった。それに、準備しなくてはならないことというのは、いったいなんなのか？　車のなかからワトソンが吠えた。
「やあ、ワトソン」ロジャーがいった。「都合がよければ、すぐにこい。悪くても、すぐにくるんだ」

五分後、わたしたちは屋敷のなかにいたが、気温の面では状況はまったく改善されていなかった。それどころか、なかは外よりもずっと寒かった。わたしは鉛格子窓《なまり》のところで足踏みをしながら、闇につつまれていく果樹園を見おろしていた。ロジャーは木でできた窓の下枠にすわって、屋敷のちかくにあるものに興味を示していた。ワトソンは部屋の遠い隅につながれており、ようやく吠えるのをやめていた。ありがたかった。というのも、この抜け殻のような屋敷では、どんな音も不気味に響いたからだ。ハーヴィル邸の現在の所有者は誰なのだろう？　プリドーか？　彼は図書館の特別コレクションの部屋にある自分の椅子の背にカーディガンをもっともらしく掛けていたとき――そして、ほかのものたちが彼の仕事の穴埋めをしていたとき――ここへきていたのだろうか？　もしもそうなのだとしても、彼は屋敷を居心地良くしようとする努力をまったくしていなかった。電源は落とされていた。薄暗い隅に何脚かの古い事務用の椅子が押しこめられており、むきだしのオーク材の床には蠟燭《ろうそく》の燃えさしが何本か残されていた。お屋敷の大きな暖炉の火のまえで、ドーセット到着を歓迎する豪華な午後のお茶にありつけるかもしれない——そんな虫のいい淡い期待は、いまや完全に打ち砕かれていた。愚かにも道中でソーセージ・サンドイッチを食べる機会をことごとく見送ってきた人物にとって、これはかなりこたえた。

「あそこに古い井戸がある」ロジャーがいった。わたしは彼の視線をたどった。「いうまでもなく、いわくつきの井戸だ。魔女にかんするいわくつきの。だが、それを語りはじめると四十八分かかるから、やめておこう」

わたしは笑った。「そいつは残念だ」

「ああ。だが、仕方がない。あそこに見えるのが、シーウォードが首を吊った木だ。彼についてすべてを知りたいのだろうな」

「ああ、頼む。椅子をもってこよう」

「とはいえ、その話はすくなくとも一時間はかかる」

わたしは適当に椅子をえらんで、窓のところまでひきずっていった。これ以上は立っていられなかった。

「これでよし」わたしは腰をおろして、ひと息つきながらいった。「長時間、運転してきたんでね」

「それは疲れただろう」ロジャーが理解をみせていった。「それで、キャプテンはいつ轢いた？」

ロジャーはその質問を、まるでドーチェスター（ドーセット州の州都）をいつ通過してきたのかを訊くような口調でたずねた。

「え？」わたしはいった。「わたしがいつなにをしたのかって？」

「きみは彼を車で轢いた、アレック。それはいいんだ。わたしはただ、それがいつごろ起きたのかを知りたい」

「そうだな。ついさっきだ」

「よし。それなら、彼が戻ってくるまでに、あと一時間ほどある」

「というと――？」

「もちろんだ」

「彼は戻ってくる？」

「当然。だからこそ、われわれはここにいるんだ、アレック」

「なるほど、たしかに」

わたしは心の奥底でそのことを知っていたが、自分のスコアカードがカーナビとおなじくらい当てにならないとわかるのは、悲しいものだった。それはたったいま、ふりだしに戻っていた。

「集中するんだ、アレック」ロジャーがいった。「いまは心をどこかにさまよわせているひまはない。キャプテンを止めなくては。そのためには、きみが盗んできた本が役にたつ。シーウォードはすべてを書き記した。九つの生をもつ猫とそのマスターを永遠に葬り去る方法を。だからこそ、シーウォードはその本を焼却すべしという指示を残した。そして、キャプテンはそれを必死に取り戻そうとしている。さてと。キャプテンを倒すには、ふたつの段階を踏む必要がある。そのどちらもがシーウォードの本にくわしく書かれていて――」

わたしはロジャーの話を途中でさえぎった。そうせずにはいられなかった。涙が出そうになっていた。いまようやく誰かが実際に実のある話をしてくれようとしている！「ロジャー」わたしは勢いこんでいった。「ありがとう。こうして話してくれて、ありがとう」

「どういたしまして。だが、いまは――」

「ほんとうに、すごく大変だったんだ！」

「ああ、それは申しわけない。きっとそうだったのだろう」

「だから、ありがとう。いいたかったのは、それだけだ。ありがとう」

「わかった」

「それだけだ。すまない」

「いいんだ。それで、どこまで話したのだったかな?」

「キャプテンを倒すにはふたつの段階がある」

「ああ、そうだった。肝心なのは、彼の〝力〟と〝不死〟をどちらも無効にすることだ。〝力〟をとりあげるには〝卑しめるもの〟が必要だが、これは手にはいるかどうかわからない。とはいえ、どのみち、それよりはるかに重要なのは、〝不死〟を帳消しにすることだ」

「ロジャー?」わたしはいった。

「なにかな?」

わたしは躊躇《ちゅうちょ》した。彼がいま〝それよりいちばん重要〟ではなく〝それよりはるかに重要〟という言い回しを使ったことに、感銘を受けていた。それをロジャーに伝えたかったが、このような危急のときに正しい文法について云々するのは不適切かもしれず、わたしはただこういった。「なんでもない。つづけてくれ」

「たまたま得た知識なのだが」ロジャーはいった。「九つの生をもつ猫は、グランド猫マスターが子分の猫に殺されると、不死ではなくなるんだ」

「それで?」

ロジャーは大きく息を吸いこんでから、静かにいった。「わたしはプリドーを殺すと宣言した。そして、それをきょう実行するつもりだ」

　わたしの頭はめまぐるしく回転していた。これはじつに大きな新展開だった。プリドーが死ねば、ロジャー自身も不死を失うのではないのか？

　わたしは言葉に詰まった。ほんとうは、こういいたかった。「ロジャー、わたしはもはや自分がどうしてここにいるのかさえ思いだせないんだ。わけがわからなくなっている」だが、かわりに弱々しくこういった。「ロジャー、それなら計画はあるのか？　わたしは自分に計画があるつもりでいた。だが、夢から覚めて現実に戻ったときの感覚を知っているだろう？　計画だと思っていたものが、ちっともそうではなかったことがわかる。頭のなかで融《と》けてしまう。ちょうど、そんな感じだ！　けれども、さっきの口ぶりからすると、しっかりとした計画があるように聞こえる。そうなんだろう？　あんたには計画がある？」

　ロジャーが笑った。

「プリドーを知っているな？」彼はそういうと、窓の下枠から床に飛び降りた。「もちろん、すべてを知っているわけではないだろうが、それを話していると百六分かかるし、彼はあと三十分で到着するだろうから、時間が足りない。計画では、まずプリドーに対処し、それからキャプテンだ。そして、最後に……わたし」

　ロジャーはここで言葉をきった。その偉大なる頭脳が忙しく働いているところに、わたしはただもう見惚れていた。自分がまったくの役立たずに感じられた。そして、その気持ちが顔に出ていたにちがいない。なぜなら、ロジャーはわたしを慰《なぐさ》める必要があることに気づいたらしく、こうつづけたからだ。

「だが、アレック、きみがキャプテンを轢いてくれたおかげで、わたしの計画が成功する確率は高まった」

「ほんとうに？」

「ああ。それに、プリドーがここに到着するころにはキャプテンの死体にかなりの雪が積もっているだろうから、上手くいけばプリドーがもう一度キャプテンを轢いて、われわれにさらに一時間の余裕をあたえてくれるだろう」

これはすこしばかり冷淡な発言に思えたが、先ほど車をバックさせて無情にも死体をもう一度轢きなおした身としては、どうこういえる立場にはなかった。

「では、まず例の小冊子に直接目をとおす必要がある」ロジャーがいった。「もってきているのだろうね？」

わたしは車にひき返して、後部座席からシーウォードの小冊子をとってきた。敗北感のようなものをおぼえていた。わたしはこの小冊子を――複数の人間が命を落とす原因となった小冊子を――図書館から盗んできた。だが、そこからまったくなんの知識も得ておらず、自分はとんでもない大馬鹿者だという気分を味わっていた。

「こいつはよろこんで進呈させてもらうよ、ロジャー」わたしは屋敷に戻るといった。

「あんたが空白部分を埋めてくれるというのなら。あんたはなにもかも知っている。だろう？」

「ああ」ロジャーがいった。「そのとおりだ」

わたしは『九つの生』をロジャーに渡した。彼は器用に鉤爪を使ってページをめくっていき、お目当ての箇所を見つけだした。

「いいぞ。どうしてもじかに見る必要があったんだ」ロジャーはいった。「ＰＤＦではわからないところが……」

ロジャーがページに目を走らせる姿に――その美しい緑の目で情報を吸収していく様子に――わたしは圧倒されていた。生まれてこのかた、これほど誰かに敬愛の念を抱いたことはなかった。

「なるほど」ついにロジャーがいった。「こんなに単純なことだとは！」彼は前肢をあげて鉤爪を出し入れしながら、嬉しそうに喉を鳴らしていた。そう、じつに美しかった。

「そこにはなんと？」

「説明したいところだが、それには――ちょっと待った」ロジャーは頭のなかで計算していた。「三日はかかるだろう」

「さっきからそんなことをいいつづけているが、ロジャー、説明する時間がないというのはもうやめてくれ！　わたしはもっとくわしいことが知りたい。だからこそ、そいつを盗んで車でここまできたんだ」

　不平がましい口調になっていたが、疲労困憊《こんぱい》していて自分を抑えられなかった。「どうしてジョーはあの地下室で死ななくてはならなかったのか？」わたしはきつい口調で問い詰め、同時に指を立てて、長い質問リストの項目を数えあげていった。「どうしてあんたはウィギーに彼女の居所を教えなかったのか？　キャプテンはわたしの妻になにをしたのか？　大戦中を大英博物館ですごしたあとで、あんたの身になにが起きたのか？　ウィギーは動画サイトでわたしが見落としていたなにを見つけたのか？　あんたとキャプテンはすごく親しい友人だったのに、どうして仲違《なかたが》いをしたのか？　どうしてキャプテンはあんなふうになったのか？」

　ロジャーはわたしの口調の激しさに驚いているようだった。

「ウィンタートン博士からなにも聞いていないのか？」

　わたしは「ハッ！」と鼻で笑ってみせた。「彼は救いようがなかった！　どんな話も途中からはじめて、こっちは頭がおかしくなりそうだった」

　ロジャーがため息をついた。

「いいかな、アレック。わたしには、つぎのことを説明する時間しかない。〈砂利コテージ〉でいったいなにが起きたのか？　プリドーがわたしの居場所を突きとめたんだ」

「彼はあんたの主人《マスター》なのか？」

「そうだ。もう何十年も彼から逃げつづけているが、結局はいつでも見つかってしまう。キャプテンが手助けしているんだ。ずっとそのくり返しでね。いっしょに静かな暮らしを送りたいと思う人間と出会って、わたしが自分の生涯を語りはじめる。それはきわめて長い話で――」

「知っている」

「――いつでも途中でプリドーに阻止される。わたしがこのハーヴィル邸であったおぞましい出来事の真相を誰かに打ち明けるまえに」

「この屋敷でなにがあったんだ？」

「ああ、アレック」そういうロジャーの声はかすれていた。「そいつは知らないほうがいい。わたしにいえるのは、それにはときおり――」ここでロジャーは言い淀《よど》んだ。「――ときおり子猫がからんでいたということだけだ」

〝子猫〟という単語を口にするとき、ロジャーはその美しい目を閉じた。頭のてっぺんから見事な尻尾の先まで、全身に恐怖のおののきが走った。

「シーウォードは怪物だった」ロジャーはつづけた。「プリドーは、そんな彼を崇拝していた。一生をかけて、シーウォードの実験の内容が表沙汰になるのを防いできた。今回、わたしが〈砂利コテージ〉にいることを突きとめたプリドーは、わたしを拉致《らち》する計画をたてていた。わたしのいまの最大の後悔は、おとなしく彼の計画にしたがわなかったことだ。だが、状況は複雑になっていた。コテージのまわりをうろつくプリドーの姿に、ジョーが気づいたんだ」

「あの双眼鏡で？」

「そのとおりだ。彼女はプリドーを目撃した日付と時間を書きとめていた。すると、やがて大きな黒猫の姿も目にするようになった。彼女は怯《おび》え、わたしはそんな彼女を残していくわけにはいかないと感じた」

「そして、あんたはあのかわいそうな小型犬を殺した」

「まさか、とんでもない！」

わたしは唇を噛んだ。「失礼。てっきり、そうだとばかり」

「いや、ちがう。ああ、アレック、わたしはあの犬を愛していたのだよ。プリドーが犬を殺したのは、そいつがわたしを守っていたからだ。ジョーはジェレミーの死体を発見すると、ヒステリー状態になった。そこで、わたしは隣のコテージの地下室に隠れてはどうかと提案した。そのときは、とてもいいアイデアに思えた。彼女がお隣さんの鍵を預かっているのは知っていたし、そこならおそらく彼女の身に危険がおよぶことはないだろう。ジョーはわたしを愛してくれていた。きみも見たはずだ、アレック。彼女がわたしを抱いている写真を。彼女の手によるわたしの素晴らしい肖像画を。それに、事件の当日にウィギーにかけた電話で、彼女は〝ロジャーの面倒を見るのに手を貸してくれ〟といっていたのではなかったかな？　あの日、彼女はいっしょに地下室に隠れるよう、わたしに懇願した。だが、わたしは自分がいると事態がより悪い方向へむかうのではと懸念した。

　わたしの犯した過ちは、そのときコテージを去ってしまったことだ。プリドーがいなくなったと確信できてから、わたしはコテージに戻った。そして、そこでジョーがいないことに気がついた。隣のコテージにはいろうとしたが、どこも鍵がかかっていた。窓の下枠から、キッチンをのぞきこむことができた。すると、地下室の跳ね上げ戸の上に重たいトランクが置かれていて、ジョーが出てこられないようになっているのがわかった。いかにもプリドーらしい残酷なやり方だった。わたしを捕まえられないのなら、戒《いまし》めをあたえてやろうというわけだ。**おまえが例の話を誰かにしようとすれば、その相手はこうなるんだ、ロジャー。**すべては自分のせいだと知りながら、なすすべもなくジョーがゆっくりと死んでいくのを見届ける――わたしがそれでどう感じるのかを、プリドーはよく承知していた。べつに、きみに同情してもらおうと思っているわけではない、アレック。わたしはそれに値しないのだから。だが、忘れないでもらいたい。風通しの悪い不快な穴ぐらでゆっくりと時間をかけておぞましい死を迎えるのがどういうものかを実体験として知っているのは、わたしくらいのものだということを。

　ウィギーがコテージにやってきたのは、その三日後のことだった。きみのしようとしている質問がわかるよ。そして、その点ははっきりとさせておきたい。きみの疑問はこうだ

──〝どうしてロジャーはウィギーにジョーの居所を教えなかったのか？　どうしていわなかったのか？〟だが、アレック、きみはあることを忘れている。いまではもうすっかり慣れっこになっているが、ひと月まえだったら荒唐無稽《こうとうむけい》だといって洟《はな》もひっかけないでいたようなことだ。あらたに知りあった人間にわたしが口のきける猫であることを打ち明けるまでに、どれくらい時間がかかると思う？　きみの例の貴重なファイルを調べてみるといい。わたしがウィギーに対してはじめて明確な言葉をはっしたのは──〝出してくれ《レット・ミー・アウト》〟といったのは──彼がコテージにきて数日後のことだった。それでも彼はすっかり動転して、自分の耳を信じようとはしなかった。彼とまともに話ができるようになるころには、壁をひっかく音はとうの昔にやんでいた。彼がわたしの登場する映画の脚本を書いていたとき、わが愛しのジョーは間違いなく死んでいた」

これらの情報をきちんと消化するにはしばらく時間がかかりそうで、とりあえず、わたしはひとつだけ質問した。

「それじゃ、どうして充電中の携帯電話に小便をかけたんだ？」

「犬のおぞましい死体の写真を消去するためだ。プリドーはその写真を撮ってから、携帯電話を充電器に戻した。コンセントで充電中の携帯電話に直接小便をかけるのがどれほど危険な行為か、想像がつくかな？　わたしはジョーのことを気にかけていた。彼女の身に起きたことに耐えがたい悲しみをおぼえた。その証拠として、ペニスが感電する危険を冒してまで残酷な写真をジョーの目にふれさせまいとした行動以上のものがあるだろうか」

半時間後、ついに屋敷が完全に闇につつみこまれたころ、外から車の音が聞こえてきた。ロジャーとわたしは耳を澄ました。プリドーはキャプテンの死体を轢くだろうか？　車まわしで聞き間違えようのない〝ぽっこん〟という音がして、わたしたちは安堵の息をもらした。これで最低でもあと一時間は、あの巨大で凶暴な鉤爪の心配をしなくてすむだろう。わたしは冷酷にも、胸の奥で「やった！」と小さな歓声をあげた。だが状況を考えれば、大目に見てもらえるのではあるまいか。車がのりあげた物体の正体にプリドーが気づくことを、ロジャーは心配していた。その場合、彼は車を止めて、雪のなかからキャプテンを掘りだすかもしれない。だが、車のドアの開閉音やシャベルの音、恐怖の悲鳴といったものは聞こえてこず、やがてプリドーが屋敷に到着した。

彼はわたしの記憶にあるよりも老けていたが、背筋はよりいっそうぴんと伸びていた。とはいえ、最後に彼を見かけたのはいつだっただろう？　思い返してみると、おそらく分類部門のホプキンスの定年退職パーティのときだった。ホッピー（彼は愛情をこめてそう呼ばれていた）はその席で、ひどく思慮に欠けたスピーチをおこなった。仮定の話と前置きしてから、同僚の何人かを大学で使われている七面倒くさい〝ビーチャム〟・システムにのっとって分類してみせたのだ。それはもう目もあてられないくらい悲惨なスピーチで、出席者全員の気分を害することとなった。プリドーなど、途中で席を蹴ったくらいだ！　かわいそうにホッピーは、もちろん退職して数カ月もたたないうちに亡くなっていた。そういえば——暗澹《あんたん》たる気分とともにいま思いだしたのだが——彼は飼いはじめたばかりの猫に蹴つまずいて、階段のてっぺんから転落死したのだった。

「チャールズワース！　これはいったいどういうことだ！」部屋にはいってくるなり、プリドーは憤慨していった。わたしがここにいるのを見て、あきらかに喜んではいなかった。ロジャーとわたしはそれぞれ、鉛格子窓からさしこむ月明かりのなかに置かれた事務用椅子にすわっていた。椅子はプリドーの到着にそなえて、ロジャーの指示どおり輪を描くような恰好にならべられていた。古い蠟燭の燃えさしの何本かに火をともしてあったので、つまるところは、よくある交霊会の舞台装置といった感じに見えた。

「ここでなにをしている、チャールズワース？」プリドーがつづけた。「これは、わたしと猫たちとのあいだの問題だ。おまえには関係ない。さっさと失せろ！」

ここで話を先に進めるまえに、あることをはっきりさせておきたい。たしかに、わたしの頭はこの時点でかなり朦朧《もうろう》としていた。ソーセージ・サンドイッチを食べ損ねたせいで脚には力がはいらず、まともに考えられなくなっていた。すでに車をおしゃかにしていたし、緑の目と恋に落ちてもいた。ロジャーという猫がわたしの知りたいことをすぐに教えてくれないと、子供みたいにかんしゃくを起こしていた。その挙句に、ロジャーが親切にも提供してくれたあたらしい情報を消化しきれずに、眩暈をおぼえていた。だが、それにもかかわらず、この日ハーヴィル邸で起きた出来事はすべて——たとえ、どれだけ信じがたいようなことであっても——真実であると、ここにわたしは宣言する。というわけで、プリドーがわたしのほうにむきなおって「失せろ！」といったとき、その目はほんとうに赤かった。テレビでヴァランダー刑事を演じているときのケネス・ブラナーみたいに目のふちがちょっと赤くなっている、といった程度ではなかった。眼球全体が真っ赤で、しかも信号機のように輝いていた！

　わたしは驚きのあまり、くすくすと笑った。この男が悪魔とおなじ眼球をもっているなんて、ありえなかった。彼は司書なのだ。

「キャプテンはどこだ？」プリドーが鋭い口調でいった。「それに、あの犬はここでなにをしている？　いまごろシーウォードは草葉の陰で泣いているぞ！　そして、おまえ——」プリドーはロジャーを指さした。「すこしは敬意を払え！」

　ロジャーは事務用の椅子から飛び降りると、プリドーを見あげていった。「猫マスター万歳」

　わたしはふたたびくすくすと笑った。どういうわけか、この状況を真面目にとらえることができなかった。どうしても無理だった。

「それでいい」プリドーがいった。「ロジャー、こちらへこい。許可する」

ロジャーはプリドーに背をむけると、わたしが猫には無理だと思っていたような動きをした。肢を四本ともへつらうように深ぶかと曲げ、うしろむきにゆっくりとプリドーのほうへと這っていったのだ（ムーンウォークにすこし似ていた）。そして、そのままマスターの足もとにおとなしくすわった。

プリドーはロジャーのほうに手をのばして、ご褒美として耳をなでた。ロジャーはその美しい緑の目を細めて、何度か勢いよく尻尾をふってから、完全に服従したように見えた。

自分でも驚いたことに、わたしはいきなり声をあげた。「ここの明かりはつけられるのかな？」

「キャプテンはどこだ？」わたしを無視して、プリドーがふたたび強い口調でたずねた。

「わたしよりも先にここに着く予定だといっていたが」

「彼は身動きがとれずにいます、偉大なる猫の守護者にして魔界の君主《ベルゼブブ》のしもべよ」ロジャーがいった。「けれども、それはそう遠くではありません」

「たしかに」そう茶々をいれてから、わたしは顔をしかめた。誓っていうが、このときわたしは酔ってはいなかった。だが、どうやら自分を制御できなくなっていた。あのぎらぎらと輝く赤い目は、わたしの許容範囲を超えていたのだ。

プリドーがわたしのほうへむきなおった。「おまえはわたしの所有物をふたつもっている、チャールズワース」朗々と響く大きな声で、その目はふたたび信号機のようになっていた。わたしはまたしても笑いはじめた。ほんとうにケッサクだった。

「ふたつ？」わたしは金切り声でいった。

「シーウォードの小冊子と〝卑しめるもの〟だ。どちらとも、いますぐ返してもらおう！」

最後の言葉を口にしたとき、彼の赤い目から火花が飛び散り、床板が燃えはじめた。

「なんてこった。気をつけてくれ！」わたしは火を踏み消しながらいった。そのとき、なにもかもが揺れはじめ、気がつくと、わたしはプリドーの足もとでおとなしくすわっているロジャーをみつめていた。彼の緑の目は、プリドーの赤い目とおなじくらい明るく輝いていた。

「猫マスターよ、彼はもう何日もまともな食事をとっていません」ロジャーがいった。

「取るに足らない存在です。なにも知りません」

「そうか」プリドーがいった。

わたしはなにかいおうとしたが、口が動いてくれなかった。それから、そのまま椅子の横に倒れこんだ。わたしはつねづね自分がロジャーに夢中になっているといってきたが、まさか文字どおり彼に夢のなかにひきずりこまれることになろうとは、思ってもいなかった。


この大切な晩にハーヴィル邸で起きた出来事の大部分を見逃したのは、当然のことながら残念でならない。なにせ、状況がほんとうに面白くなってきたところで、わたしは完全に気を失ってしまったのだ！　いまふり返ると、あれはロジャーのしわざだったのではないかと疑わざるをえない。それとも、わたしはたんにすごく疲れていただけなのだろうか？　いずれにせよ、わたしが意識を取り戻したとき、事態がだいぶ先に進んでいたのは確かだ。プリドーはどこかから木製の玉座のようなものを調達してきており、いまはそこにすわってロジャーを膝にのせ、呪文をとなえていた。わたしは事務用の椅子のわきに転げ落ちたときの恰好のまま、床の上に寝そべっていた。自分が生者の世界にもどってきていることを、ほかのみんなに知らせるべきだろうか？　いまここで手をあげてテレビを観てもかまわないかとたずねるのは、賢明な行動だろうか？　ロジャーにちらりと目をやると、彼が首を横にふってみせたので、わたしはじっとしていた。そして、その姿勢で一部始終を目撃することとなった。ワトソンが死んだふりをしておやつをもらうのと、すこし似ていた。わたしはそうやって、赤や黄金色の蠟燭の炎が天井まで燃えあがり、ドアや窓が強風にあおられてがたつき、硫黄《いおう》くさい赤い煙が床板から立ち昇るのを見届けた。これとおなじような現場に居合わせた経験が皆無であるにもかかわらず、わたしには誰かがやってこようとしているのがわかった。確信があった。そして、それはおそらく、緊急通報を受けて駆けつけたどこかの救急隊員ではなかった。

とはいえ、いまは救急隊員が必要そうな状況に見えた。魔王を呼びだす儀式がプリドーの計画どおりには進んでいないのは、あきらかだったからである。ロジャーが喉を鳴らすなか、プリドーはこういっていた。「いまはよせ、ロジャー！　いまはだめだ」プリドーはロジャーを膝から払い落とそうとしたが、ロジャーはしっかりとしがみつき、ますます大きな音で——恐ろしいくらい大きな音で——喉を鳴らした。実際、あまりにも太くてよく響く音だったので、床が振動し、プリドーの玉座が震えているのがわかった。隅につながれているワトソンが吠えはじめた。そのあいだも床板からは煙が立ち昇り、屋敷のまわりでは風が荒れ狂いつづけていた。だが、プリドーはもはや呪文をとなえてはいなかった。まるでもっと大きな力によって黙らされたかのように、唐突にやめていた。

喉を鳴らす音はどんどん大きくなっていき、やがてプリドーが悲鳴をあげた。わたしが見守るなか、ロジャーはプリドーの膝の上で大げさにこねるような動作をはじめた。すると突然、真っ赤な血が宙高く噴きあがった。

「アァアァァ！」プリドーが叫んだ。脚の付け根にロジャーの鉤爪が深ぶかと食いこんでいた。さらに血が噴きだしてきたが、ロジャーはそれを無視して、喉を鳴らしながらこねるような動作をつづけた。ロジャーの肩が上下に動き、それにあわせて鉤爪がプリドーの肉をひきちぎり、彼の命を奪いとっていった。

そのとき、巨大な黒い影が蠟燭の炎の真ん中にあらわれはじめた。いかにも悪魔っぽい感じのする人影だった。

「マスター！」プリドーが叫んだ。「マスター、彼を止めてください！」

だが、ロジャーは一心不乱に身の毛のよだつ行為にふけっており、ますます深く鉤爪を食いこませていた。いまや血は四方八方に飛び散り、喉を鳴らす音は耳を聾《ろう》さんばかりだった。

「膝から降りろ！」プリドーが叫んだが効果はなく、彼の血はロジャーや椅子やそこいらじゅうに降り注ぎつづけた。そのかたわらで、蠟燭の炎のなかの人影は椅子の輪の中心でじょじょにはっきりとした形をとりつつあった。それがあたりを見まわし、くすんだ輝きを放ちはじめたところで――

ドン！　ドン！

力強くドアをノックする音が部屋に響きわたり、人影は困惑してふり返った。いっそう激しく吠えたてていたワトソンが、つながれていた紐をほどいて隅から飛びだし、一直線にドアへとむかった。

ドン！　ドン！　ドン！

ふたたびノックの音が響いた。人影が床の上のわたしに気づくと同時に、ワトソンがふり返って――ああ、まずい――人影に気づいた。わたしにとって、それは最悪の瞬間だった。わたしの小さくて勇ましい愛犬が、吠えたり唸《うな》ったりしながら――そして、プリドーの血でつるつると肢を滑らせながら――魔王とおぼしき人影にむかって突進していったのだ。「やめろ、ワトソン。いくんじゃない！」わたしは叫んだ。「止まれ、ワトソン！　止まるんだ！」

ドン！　ドン！　ドン！　ドン！

それ以降は、すべてのことが矢継ぎ早に起きた。人影がワトソンに対処しようとむきなおったとき、血まみれになったロジャーがプリドーの膝から飛び降りて、炎のなかに出現したものと対峙した。

「魔界の君主《ベルゼブブ》よ」ロジャーが凜とした口調でいった。両者の目があった。「あなたのしもべが死にかけています。ほら」

それはほんとうだった。プリドーはもはや悲鳴をあげておらず、息づかいが浅くなっていた。血は噴きだすのではなく、ちょろちょろと玉座を伝い落ちていた。つぎの瞬間、炎のなかの人影が揺らいで、薄れ、縮まり、ふらつき、ぶーんとうなりをあげはじめた。そのエネルギーは、コントロールを失ったヘリコプターよろしく錐《きり》もみ状態で破滅へとむかっていた。

ドン！　ドン！　ドン！

あらためて響き渡ったノックの音に、わたしたちはぎょっとした。大きなドアがひらかれようとしており、誰がきたのか確かめようと、全員の目がそちらへむけられた。そのあいだに、炎のなかの人影はブラックホールに吸いこまれていくような感じで、裏返しになりながら消えていった。プリドーが息絶え、人影が完全に消滅すると同時に、ドア口に男があらわれた。そして、決してあきらめることのないワトソンはそちらへ駆けていき、誰にでもやるように激しく吠えたてた。

「誰だ？」ロジャーがきつい口調でたずねた。「そこにいるのは誰だ？」

こうして、じつに劇的なタイミングでウィギーが登場した。わたしが床でうつ伏せになり、魔王が消失し、ワトソンが走りまわり、プリドーが死体となり、ロジャーが頭のてっぺんから尻尾の先まで真っ赤な血で覆われているところへ。

だが、彼の到着で一件落着というわけにはいかなかった。ウィギーはひとりではなかったからだ。わたしたちが息つくひまもあらばこそ、ウィギーは「こいつはキャプテンじゃないのか？」といって、腕に抱えた大きな黒い塊を示してみせた。「嘘みたいだろ？　こいつを道路で見つけたんだ！　まったく、もうすこしで車で轢くところだった！」

初対面のあいさつをしている時間はなかった。それをいうなら、説明している時間も。わたしが雄々しい努力をして床から立ちあがるのと同時に、キャプテンがウィギーの腕から床に飛び降りた。そして、威嚇《いかく》するようにつま先立ちでロジャーにちかづいていった。その背中は高くもちあげられ、尻尾はゆらゆらと揺れていた。

「やあ」わたしは早口でウィギーにいった。

「どうも」ウィギーがささやき返してきた。

ロジャーは一歩もひかなかったが、ふつうの猫の喧嘩では彼がキャプテンにかないっこないのは、誰が見てもあきらかだった。

「おまえはここでなにをしたんだ、ロジャー？」キャプテンが詰問した。

「われわれを自由にした」

「この人間どもは？」

ロジャーはこたえなかった。かれらはにらみあい、尻尾をふりながら、円を描いてぐるぐるまわった。ときおり、片方がしゃーっとうなったり、鉤爪で宙をひっかいたりしてみせた。

わたしは会話の切れ目を利用して自己紹介をおこない、「きみはウィギーだな」と小声でつづけた。

「ああ」ウィギーがこたえた。「できるだけ急いでここにきたんだ」

突然、キャプテンがプリドーの玉座に殴りかかり、脚の一本を折った。ロジャーはたじろがなかった。

「もう終わったんだ、キャプテン」ロジャーがいった。「感じるだろ？　戦っても仕方がない。もうおしまいだ」

驚いたことに、ロジャーは相手の警戒心を解くような感じで身体の力を抜くと、キャプテンのむかいにすわった。とてもゆったりとした冷静な動きで、キャプテンはその様子を困惑気味に見ていた。ロジャーは前肢とうしろ肢をぴたりとつけてすわっており、そのほっそりとした前肢には体重がほとんどかかっていなかった。血まみれの鉤爪は、いつのまにか完全に見えなくなっていた。

「なにが起きようとしてるんだ?」わたしはウィギーにいった。

「彼は話をはじめようとしてるんじゃないかな」

そして、それはある意味ではあたっていた。

「もう何年ものあいだ」ロジャーはわたしたちにむかっていった。「わたしの望みは、自分の生涯を誰かに聞いてもらうことだった。ウィギー、きみには最初の部分を話した。だろう?」

「ああ」ウィギーがいった。「一九四五年くらいまできてたっけ」

「そこまでは、ジョーにも話した。陶芸家のマイクルや、それ以外の六人にも。だが、毎回プリドーの邪魔がはいって、最後までは話せなかった。だから、これまでで残りの部分を聞いたものはひとりもいない。そしていま――」ロジャーはうつろに笑った。「いまとなっては、わたしがすべてを語ることは永遠にないだろう。ここで起きたこと。シーウォードのもとでキャプテンが味わった苦しみ。シーウォードがキャプテンにやらせた口にするのもはばかられるようなこと――それも子猫に対して」

ウィギーが息をのんで、わたしのほうを見た。わたしは顔をしかめて、ここで子猫になにかがおこなわれていたのは承知していたものの、それでもいまの話はショックだ、ということを彼に伝えた。ウィギーとわたしはキャプテンの反応をうかがった。彼は戦う構えを解いて、耳をかたむけていた。

「シーウォードは怪物だった」ロジャーがつづけた。「だが、猫たちは彼を信用した。キャプテンも。そうだろ、キャプテン？　ただもうやみくもに」

キャプテンは目を閉じ、頭を垂れた。

「彼はあんたを利用した」ロジャーがつづけた。

キャプテンの顔をひと粒の涙が伝い落ちていった。

「そして、あんたに究極の裏切り行為をおこなわせた。あんたがそれに抵抗したのは、知っている。抵抗しようとしたのは。だが、彼がわたしを——あんたの大切なロジャーを——傷つけようとしたとき、結局あんたは手をこまねいていた！　あんたが生みだした猫、あんたが涙を流すくらい大切にしていた猫、アテネで離れ離れになったあとで、あんたが戦禍《せんか》のおびただしいヨーロッパじゅうをさがしまわった猫だというのに」

かわいそうなキャプテン！　気軽に殺しをくり返してきたその過去にもかかわらず、わたしはしばしば彼の絶望に思いをめぐらせていた。ピレウスからアクロポリスの丘に戻ってきて、ロジャーの姿がどこにもないことを知ったときの彼の絶望たるや、いかばかりか。そこにいたのは、彼の相棒が囚われて屈辱を味わうのを喜んではやしたてていたギリシャのいまいましい猫たちだけだったのだ。

「あんたがどこをさがしてまわったのか、かれらに教えてやれ」ロジャーがいった。

「イタリア」キャプテンがいった。「それから、フランス、ドイツ、ポーランド」彼の声はしだいに小さくなっていった。

ロジャーがかさねて問いかけた。「どれくらい海外をさがしまわっていた?」

「六年だ」キャプテンがいった。

ウィギーとわたしは同情して舌を鳴らした。

「その間、ロジャーはずっと大英博物館にいた!」ウィギーが叫んだ。

すべての目がキャプテンにむけられた。彼は悲しみと後悔にとらわれているように見えた。

「ウィギー、そういえば、きみが図書館で見つけた例の小物はもってきてくれたかな?」ロジャーがさりげなくいった。

「えっ、ああ」

わたしは困惑していた。例の小物って?

キャプテンも困惑していた。そして、すこし身構えていった。「ロジャー?」

だが、ロジャーはキャプテンを無視した。図書館からもってこられた〝小物〟については、まったく心配する必要がないとでもいうように。

「アクロポリスの丘でわたしが拉致された件をウィギーに話したとき」ロジャーはキャプテンにむかってつづけた。「わたしはあんたがピレウスにいっていたと説明した。ブリンディジにむかうフェリーの時間を調べるために」

「そうだ。わたしはバスでピレウスに出かけていた」

「ウィギー、きみは覚えているかな？　その朝、キャプテンが別れ際にわたしにかけていった最後の言葉を？」

ウィギーは答えに詰まった。「なんだったかな」

キャプテンが口をはさんだ。「わたしはこういったんだ。〝ロジャー、これからもずっとおまえの面倒を見るからな〟」

わたしは胸がいっぱいになった。実際、その場に居合わせた全員がそうだった。ロジャー、キャプテン、ウィギー、わたし。誰もが鼻をぐずぐずいわせていた。唯一まったく感動していなかったのは、ワトソンだった。いいにくいことだが、彼はしあわせそうに眠っていた。

ロジャーはキャプテンにちかづいていくと、両方の前肢を相手のがっしりとした肩にかけた。

「あんたはわたしにすべてをあたえてくれた、キャプテン」ロジャーはしっかりとした口調でいった。「猫がどれほどのものになれるのかを示してくれた！　われらのご先祖さまは、みんなあんたやわたしのように、強くて賢かった。未来の猫がこれほど脆弱《ぜいじゃく》になると聞かされていたら、かれらはきっと涙したことだろう。われわれは偉大なる猫の最後の末《まつ》裔《えい》だ、キャプテン。だが、不死の代償として、われわれは猫マスターに服従した。そして、その彼はもういない」

「あとを継ぐ猫マスターがいるんじゃないのか？」わたしはずっと心にひっかかっていた疑問を口にした。

「いや。プリドーは傲慢《ごうまん》で、後継者を指名していなかった」

キャプテンがため息をついた。「その昔、夜のエーゲ海でいっしょにボートに乗ったのを覚えているか？」

ロジャーはうなずいた。

「わが生涯でいちばんしあわせなときだった」キャプテンはそういうと、テニソンの『ユリシーズ』の一節――〝これがいまの我らだ〟のくだり――を暗誦した。出典はすぐにわかった。映画《スカイフォール》でジュディ・デンチが引用したおかげで、いまでは世界じゅうの人がよく知っている文句だからだ。

キャプテンの肩越しに、ロジャーがウィギーにむかって頭で合図した。ウィギーがポケットからなにかをとりだした。猫の首輪のように見えた。

ロジャーがうなずくと、ウィギーは手を下にのばして、それをこっそりキャプテンの首に巻きつけた。キャプテンは感傷に――それと、ヴィクトリア時代の詩に――ひたっており、なにがおこなわれているのかほとんど気づいていなかった。

ロジャーがキャプテンの両肩から前肢をおろしていった。「外へいこうか？」

わたしがドアをあけたとき、ワトソンが目を覚まして駆け寄ってきたので、全員で外へ出た。ロジャーを先頭に、放心状態で押し黙っているキャプテン、ウィギー、ワトソン、わたしの順で、一列にならんで雪のなかを進んでいく。

「あの首輪は？」わたしはウィギーに小声でたずねた。

「〝卑しめるもの〟だよ」ウィギーが説明した。わたしが知らないことに、あきらかに驚いていた。

「どこで見つけたんだ？」

「あんたも図書館のカードひきだしで、そいつを目にしてたんだ、アレック。でも、その正体に気がつかなかった。ぼくは図書館にいって、そいつを手にいれてきた！　けさのメールでそのことを書いて送ったんだけど――そうか、あんたは読んでないんだな」

わたしは感心していた。ウィギーは本物の切り札を出してきていた。そして、ロジャーの計画はひじょうに順調にいっていた。いまやキャプテンは、〝力〟も〝不死〟も失っていた。実際、すでに目的は達成されていたので、ここでおひらきにして、みんなでいちばんちかくの町へいき、暖をとって、おなか一杯食べてから、それぞれ別の道に進んでもよさそうな気がした。それか、ロジャーはうちにきてワトソンやわたしといっしょに暮らし、ついに自分の生涯を最後まで語る、というのもありかもしれなかった。降り積もったばかりの雪を踏みしめて荒涼とした果樹園のなかを進みながら、わたしはあらためてスコアを確認した。

アレック　0　猫　1

どうやら、これが最終結果となりそうだった。

わたしたちは井戸のところにきていた。写真のなかで、キャプテンが桶《おけ》のなかにすわり、シーウォードが滑車のハンドルをまわしていた井戸だ。ロジャーは、その石壁に飛びのった。キャプテンもそうした。

「ほんとうに悪いことをしたと思っている」キャプテンがいった。「なにもかもすごく後悔しているんだ、ロジャー」

それから、彼はわたしたちのほうを見た。「ケンブリッジの家の庭でわたしが会ったのは、あんたの奥さんだったのか？」キャプテンがわたしにたずねた。

わたしはものすごく驚いた。

「わたしはウィンタートンをさがしていただけだった」キャプテンがつづけた。「彼女を傷つけはしなかった。ただ、ショックをあたえてしまったんだろう。彼女はその場に倒れて、そのまま動かなかった」

わたしは頭に血がのぼるのがわかった。「どういうことだ？　ショックをあたえたっていうのは？」嚙みつくような口調で問いただす。「どうやって、ショックをあたえた？」

「それが、よくわからない」キャプテンが依然として申しわけなさそうな口調でいった。「だが、おそらくこういって話しかけたせいだろう——〝どうも。ウィンタートンをさがしているんだが〟」

ここで、ロジャーが会話の主導権を取り戻した。

「最後に、きみたち全員にひと言ずついっておきたい」月明かりのなかのロジャーはじつに美しく、堂々とした物腰でわたしたちに順番に声をかけていった。「アレック、ハムレットは正しい。人間の一生はたかだか〝ひとつ〟というくらいしかないんだ。ウィギー、脚本家になるのはあきらめろ」それから、ワトソンのほうをむいた。「勉強に終わりはない、ワトソン。それは学ぶことの連続で、最後にもっとも大きなものが待ちうけている（「赤い輪」より）」

そういうと、ロジャーはふたたびキャプテンの両肩に前肢をかけた。そして、ほとんど力をこめずに身体ごと横に倒れて、キャプテンといっしょに井戸の壁のむこうへと落ちていった。その光景は、たとえ百歳まで生きたとしても、わたしの脳裏から消えないだろう。

「ロジャー、よせ！」わたしは叫んだ。

「ロジャー、よせ！」キャプテンも叫んだ（おそらくは、もっと切羽詰まった心持ちで）。ウィギーとわたしは井戸に駆け寄り、ワトソンは井戸にむかって跳躍した。さいわい、わたしはワトソンを空中でつかまえて、彼が井戸に飛びこむのを阻止することができたが、その際、肢をからませていっしょに落ちていく二匹の猫の姿がちらりと見えた。キャプテンの目は、恐怖で大きく見開かれていた。

わたしたちはショックのあまり、その場に立ちつくしていた。ロジャーはいってしまった。シャーロック・ホームズがワトソンにかけた素晴らしい言葉を最後に残し、ライヘンバッハの滝のような退場をして。この自殺点《オウンゴール》で、最終結果はアレックの2対1ということになった。

これで、ほぼすべてだ。わたしはこの記録を、謝罪で締めくくりたいと考えている。最初から読み返してみて、ときおり書き方がすこし軽薄であったことに気がついたからである。それに、嘆かわしいことに、全体の構成に秩序が欠けているように思われる。これらのきわめて妥当な批判については、あとで自分の考えがまとまったところで、またふれるつもりだ。

わたしはいまケンブリッジの自宅に戻っており、足もとでは愛しいワトソンがつつがなくくつろいでいる。わたしたちはそれぞれのつらい体験から立ち直りつつあるものの、それでもわたしはしばしば汗びっしょりで目を覚ます。あの邪悪な猫たちをおいかけて運命の井戸に飛びこもうとするワトソンを空中でつかまえたときのことが、頭から離れないのだ。春はすぐそこまできているといえたらいいのだが、実際にはちがう。まだ凍えるように寒く、気象予報士たちはすでに、この惨《みじ》めな天気がすくなくともあとふた月はつづくという気のめいるニュースを楽しげに伝えようとする努力を放棄している。天気といえば、ハーヴィル邸での出来事のあとで、ウィギーとわたしは雪のために三日間ドーセットで足止めを食らった。そして、そのあいだ、おたがい力になりあえたのではないかと思う。くしゃくしゃの髪に芥子色《からしいろ》のコーデュロイのズボンという予想どおりの風体だったにもかかわらず、ウィギーには予想外の聡明さがあった。シーウォードの小冊子にあった説明から〝卑しめるもの〟がどういうものかを理解したのは、見事としかいいようがない。しかも彼は、わたしがプリドーのオフィスのカードひきだしで見つけた留め具付きの革製品の描写を、きちんと覚えていたのだ。

最後に、わたしはいま一度、以前の質問への回答を見直す必要があると感じている。

1　全般的に見て、結果は上々といえるか？

□　はい、大成功だ　☑　いいえ　□　そうともいえない　□　こたえたくない賛成してもらえると思うが、こちらの回答のほうが前回の〝そうともいえない〟よりもずっと真実にちかいだろう。

2　結果が上々ではない場合、それはあなた自身の責任か？（よく考えること）
□　はい、最低の気分だ　☑　いいえ　□　そうとばかりもいえない　□　こたえたくない

そう、わたしはようやく自分には責任がないことを受けいれられるようになった。いまふり返ると、わたしの犯した唯一の過ちは、この件に深くのめりこみすぎたことだけだ。

3　この件で傷ついたものはいるか？
☑　はい　□　いいえ　□　そうともいえない　□　こたえたくない

わたしは猫たちに――とりわけ、ロジャーに――同情を感じているが、ジュリアン・プリドーに対しては、まったくそれがない。あの信号機のように輝く目玉のあとでは、あんなふうに血が飛び散るのを見せられても、せいせいしただけだ。当然の報いを受けたまで

という気がしている。まず彼は、a）魔界の君主《ベルゼブブ》と組んだ邪悪な猫マスターとして、強情なロジャーを罰するためだけに罪のない人びとをひとりずつ殺していった。そして、b）あのいまいましい部門会議に一度も顔を見せたことがなかった。プリドーへの仕事上の恨みがそこまで根深いものであったとは、我ながら驚いている。

4　邪悪な猫は世界から排除されたか？

□　はい、奇跡的に　□　いいえ、心配なことに　☑　まだわからない

これはあくまでも願望にすぎないが、わたしはロジャーがどうにかしてあの井戸からはいあがり、わたしたちのもとへきて、いっしょに暮らす日がくることを夢見ている。結局のところ、ロジャーはキャプテンとちがって、〝卑しめるもの〟を身につけていなかった。したがって、彼の力は維持されたままだったのではないか。わたしと忠実なワトソンと才気あふれるしゃべる猫――夢のチームの誕生だ。

5　猫に対する現在の感情は？

□　大好き　□　関心がない　☑　愛憎半ばする　□　大嫌い

この質問への回答は、変更がない。

6　自分に未来があることへの感想は？
□　うれしい　☑　ほっとしている　□　なにも感じていない　□　こたえたくない

この話を書きあげたいま、以前ほど無感覚ではなくなってきている。

7　ちかい将来、ドーセットで休暇をすごすつもりはあるか？
□　はい　□　いいえ　☑　冗談じゃない

残念ながら、この質問への回答にも変更はない。

わたしはもはや、この件の空白部分をあまり気にしていない。これを読んでくれている方も、そうだといいのだが。ここまであきらかなように、わたしはすべてを知ろうと、重箱の隅をつつくような質問を誰彼かまわずぶつけてまわった。ほんとうに精一杯やったのだ。すでにお気づきかと思うが、わたしはこの話のごく一部を創作した。ロジャーがプリドーとテレパシーで交信した〝Eミャオ〟でのやりとりだ。だが、きっとそういうことだったにちがいない、とわたしは考えているし、それを書くのはひじょうに楽しかったので、そのままにしてある。

わたしはようやく、ウィギーがリンク先を送るといいながら何度も忘れていた動画サイトの映像を見ることができた。以来、何度も見返している。それは音声のついたカラー映像で、例のウサギの実験の焼き直しだ。撮影されたのは、シーウォードが自殺する直前の一九六四年。前回とおなじ幕が使われていて、似たようなウサギがいるが、こちらに登場する猫はロジャーだ。シーウォードがか細くて不快な声でカメラにむかって語りかけ、幕をあける。すると、ロジャーがテーブルに飛びのり、不運なウサギの正面に陣取る。だが、彼はウサギを殺さない。シーウォードからそうするように命じられても、美しく悠々とすわっている。ロジャーは前肢をもちあげて裏側を調べてから、またそれをテーブルの上に戻す。まったくの無頓着だ。前肢をのばして、ウサギのわき腹を軽く叩いたりもする。シーウォードはあきらかに激怒しており、映像はそこで終わっている。そこから、わたしは以下のような結論をひきだすにいたった（それを裏づけられるものがもはやこの世にはまったくいないので、あくまでも推論にすぎないが）――このロジャーの道徳上のあからさまな反抗がシーウォードの猫マスターとしての志気を挫き、彼の自殺につながったのではないか。シーウォードが自殺した現場で撮られた写真は、一見すると、二匹の快楽主義の猫が首吊り死体の下の草むらで非情にものんびりと寝そべっているように見える。だが実際には、それはロジャーにとって万感胸に迫る瞬間だ。なぜなら、このときキャプテンを慰めていたロジャーは、直後に彼のもとを去り、永遠に逃亡者となるのだから。

あの晩ドーセットでプリドーの命を奪うまでロジャーが人間をひとりも殺したことがなかったのは、わたしには自明のことに思われる。彼のまわりで命を落としたものたちは——ジョーもふくめて——全員が彼以外のものによって殺されたのだ。たとえば、嫉妬したキャプテンとか、ハーヴィル邸のおぞましい秘密が外に漏れるのを防ごうとした——もしくは、誰が主人かをロジャーに思い知らせようとした——プリドーによって。

この記録を謝罪で締めくくりたいといいながら、わたしはまったくそうせずにきてしまった。それというのも、このやや成りゆきまかせの話の進め方には、それなりの理由があるからだろう。わたしは事実をすべてつかんでから、最初からきちんと整理して話を進めていくのではなく、ときとしてすこし軽薄な書き方をし、許しがたいほどの傍点の多用でおのれの文体を堕落させながら、自分が体験したとおりの順番で物語を展開させていった。その大きな理由は、わたしの愛しい妻メアリーが——わたしたちの勇ましい愛犬に〝ワトソン〟と名づけたことからもわかるとおり——ミステリの大ファンだったからである。彼女がいなくなってひどく寂しい思いをしていることは、すでに述べたとおりである。まあ、その点も変更はなしだ。これはありったけの愛情をこめてメアリーのために書いたもので、あまり良い出来でないのは重々承知しているものの、ふつうの書き方をしていたら、メアリーは六ページ目くらいですべてを推察してしまっていただろう（いつでも、そうだったからだ）。とはいえ、いまのような状態の本書を読んだとしても、彼女がわたしの二歩先をいっていた可能性はかなり高い。メアリーが原稿から顔をあげ、古い読書用の眼鏡をはずしながら咎《とが》めるようにこういうところが、目に浮かぶようだ。「まったく、クマちゃんったら」

著者からの注釈

二十年ほどまえ、わたしは書店関係の友人たちから、小さな木箱にはいった小型の本を贈られた。箱は現代のものだが、本は一九三四年に手造りされたものだった。文字は手書きで、ページは丈夫な木綿糸で綴《と》じあわされていた。標題紙には、**適応力のある猫　第二版　一九三四年二月　A.M.B.T.著**という文字がならび、その裏側には、**オリジナル作品　著者A.M.B.T.により発行**とあった。献辞は、〝わが友ガトリーにこの小さな本を捧ぐ。わたしの適応力のある猫が実際におこなった数々のこと〟となっていた。本には、その適応力のある猫――名前は〝ハフィー〟だ――を題材にした詩が一篇おさめられ、そのほかに十七枚のモノクロ写真が丁寧に貼りこまれていた。そして、そこに写っていたのは、縞《しま》柄と白のハンサムでがっしりとした猫だった。この猫は一九三〇年代の日当たりのいい庭で優雅で汚れのない生活を送っていたらしく、写真では枝編み細工のかごのなかでポーズをとったり人形のような恰好をしたりしていた。もちろん、わたしは〝A.M.B.T.〟が何者なのか、まったくなにも知らなかった（彼にガトリーという友人がいたということ以外は）。だが、彼の飼い猫に対する愛情は——そして、その適応力への高い評価は（なんのかんのいって、それは猫にしてはきわめてめずらしい特質だ）——わたしに強い印象を残した。

この小さな本はかなりまえにどこかへいってしまっていたが、引っ越しを機に、ふたたびわたしのまえにあらわれた。それは『図書館司書と不死の猫』を書きあげてからわずか数カ月後のことで、わたしはその再会に大喜びした。作家というのは、ひとつの作品を完成させたあとになってから、ようやくゆったりとくつろぎ、「いったいこの小説はどこから生まれてきたのだろう？」と——ときには驚愕の念とともに——考えられるようになるものだ。本書が受けた影響の一部は、きわめてはっきりしている。たとえば、わたしは長年にわたるM・R・ジェイムズの愛読者で、これまでにも彼の文体を真似たことがあるし、ここでもふたたびそれを狙っている。この本を書くあいだ、わたしの机の上にはM・R・ジェイムズの『骨董商の幽霊譚（*Ghost Stories of an Antiquary*）』とならんで、デズモンド・モリスの『キャット・ウォッチング——ネコ好きのための動物行動学』、アン・ライスの『夜明けのヴァンパイア』、それにパトリシア・ハイスミスの身の毛もよだつような——そして、わたしにはあまりにも暗すぎる——『動物好きに捧げる殺人読本』も置かれていた。〝ホラー〟という点を考慮して、わたしは十代のころに出会ったある本のことをなんとかして思いだそうとした。安っぽいペイパーバックのホラー短篇集で、その本はいつでもわたしに恐怖をあたえると同時に、わたしを魅了していた。匂いまで思い出すことができたが、さて、書名はなんといっただろう？　わたしはおぼろげな記憶から、ようやくそれを突きとめ、ふたたび購入するにいたった――ブライアン・ダグラス編の『ミステリとイマジネーションの偉大なる物語（*Great Stories of Mystery and Imagination*）』だ。この本の陳腐な表紙絵を見るたびに（目の下に隈をこしらえた不気味な聖職者が骨ばった指をひろげ、暗い色の木でできた埃《ほこり》っぽいテーブル――いや、棺桶《かんおけ》だろうか？――に手をのせている絵だ）、いまだにわたしの背筋には震えが走る。

そういうわけで、本書はあきらかに複数のところから影響を受けている。例の〝適応力のある猫〟がそのうちのひとつとなったのは、写真のせいだ。執筆中にそれを見直して記憶をあらたにすることはできなかったものの、わたしははるか昔に撮られた猫の写真に強い好奇心をかきたてられたときの体験を、本書に活かすことができた。一方、『キャット・ウォッチング――ネコ好きのための動物行動学』はまさにアイデアの宝庫だった。たとえば、そのなかで提示されている〝なぜ猫は喉をごろごろ鳴らすのか？〟という疑問に対して、わたしはあらたに説得力のある――ただし、あくまでも架空の――回答をあたえることができたのではないかと自負している。ほかにもデズモンド・モリスは、〝なぜ猫は人間の膝《ひざ》の上で落ちつくまえに前肢《まえあし》で膝を揉《も》むのか？〟と問いかけ、その動作の理由をこう説明している――そうしているとき、猫は授乳してもらうために母親に刺激をあたえなくてはならなかった自分の子猫時代を思いだしているのだ、と。こうした解説は、一九八〇年代後半にこの本が発表されたころには目からうろこの発見だったが、われわれはそれ以降、すこしばかり先に進んだと考えたい。動物学だけしか知らないと、動物学に疎《うと》くなる。

白状すると、今回中篇ホラー小説の執筆を依頼されたとき、わたしの頭に真っ先に浮かんできたのが邪悪な猫だった。まえにもそういう話を書いたことがあり、すごく楽しかったからである。それはオペラに着想を得た短篇を集めた本に寄稿した作品で、編纂者のジャネット・ウィンターソンになにか書いてくれといわれたとき、わたしははじめのうち、なんのかんのと口実をつけて断わろうとした。だが結局は、《ねじの回転》に笑えるひねりをくわえられるようなアイデアを思いついたら書く、ということで話はまとまった。いうまでもなく、ベンジャミン・ブリテンが作曲したオペラ《ねじの回転》は、ヘンリー・ジェイムズの同名小説をもとにした作品である。この物語のなかで、想像力豊かな女性の家庭教師は、自分が面倒を見ているふたりの子供（マイルズとフローラという兄妹）が邪悪な霊にとりつかれているという確信をじょじょに深めていく。ここで肝《きも》となるのが、〝曖昧さ〟だ。家庭教師のまわりで起きている出来事は、ほんとうに彼女が思っているとおりのことなのか？　それとも、彼女の頭はいかれているのか？　だが、こちらから《ねじの回転》を提案してみたものの、わたしはどうやったらそれに笑えるひねりをくわえられるかわからず、ふたたび断わるための口実を考えはじめた。

するとそのとき救いの神があらわれた。当時、わたしのところには二匹の保護猫（ビルとデイジーという兄妹）がいた。この二匹は、わたしの生活のなかでじつに気のめいる存在だった。というのも、二匹はわたしの愛情を拒絶し、隙あらばわたしの顔をひっかこうとし、喜びとはまるで無縁だったからである。しかも、どちらもまったく音をたてなかったので、落ちつかないことこの上なかった。ふだん、二匹はそろって階段のてっぺんに黙ってすわっていた。ふたつの黒い不気味な影で、すごく大きいほうがビル、すごく小さいほうがデイジーだった（この恐ろしい影法師を撮った写真が手もとにあるが、それを見た人は腹を抱えて笑いころげる）。とにかく、ある日、わたしはこの階段をのぼって、二匹にちかづいていった。そして、そこでついにぶち切れ、涙ながらにこう叫んだ。「どうして、あなたたちはわたしの愛を受けいれてくれないの？」そのとき、スイッチが入ったかのように、わたしは自分が『ねじの回転』に登場する女家庭教師にそっくりだということに気がついた！ そういうわけで、わたしは想像力を暴走させてしまった過去をもつ女性を主人公にして、彼女の男友だちの視点から物語を描いた。女性はその男友だちの助言を無視して、手に負えない保護猫の兄妹に〝マイルズ〟と〝フローラ〟という名前をつける。そして、それはのちにとんでもない過ちであったことが判明する……。

猫がしゃべれるという設定にかんしていえば、それはきわめてありふれたアイデアであるように思われる。いうまでもなく、猫を飼っている人はときおり自分の猫から話しかけられていると感じることがあるものだ。わたしの友人は毎晩飼い猫に「晩飯はあとにするかい？　それとも、いま?《ナウ》」とたずね、猫はこうこたえるという。「いみゃ《ニャウ》」フィクションの世界でいうと、わたしが子供のころに読んだチェコスロバキアの古くて怖い民話のなかに、たしかそういう設定の猫がいたはずだ。それに、テレビで観た《ドラ猫大将》もそうだった（そこに登場するのは粋なネクタイ姿で暴れまくるニューヨークっ子の猫で、俳優でコメディアンのフィル・シルヴァースそっくりのしゃべり方をしていた）。本書はあきらかにミハイル・A・ブルガーコフの『巨匠とマルガリータ』から大きな影響を受けている、と主張する人たちがいるが、わたしはその作品を読んだことがないので、それはありえない。それよりも、サキ（本名H・H・マンロー）の短篇「トバモリー」から影響を受けているというほうが、ずっと真実にちかいだろう。この古典作品では、田舎の邸宅で飼われている猫にしゃべる能力があたえられる。彼が最初の言葉をはっすると（ミルクを勧められて、「それも悪くはないな」という）、人びとはみな興奮する。だが、そこから事態はおかしくなりはじめる。

　トバモリーは落ちつきはらって宙をみつめていた。くだらない質問にかかずらっているひまはないと彼が考えているのは、あきらかだった。

「人間の知能について、あなたはどう考えているのかしら？」メイヴィス・ペリングトンが口ごもりながらたずねた。

「どの人物の知能についてたずねているのかな？」トバモリーは冷たくたずねた。

「あら、そうねえ。それじゃ、わたしとか」メイヴィスが弱々しく笑いながらいった。

「これはまた、ばつの悪い立場におかれてしまった」トバモリーはいった。「あなたをこのハウスパーティに招くことが提案されたとき、ウィルフリド卿はあなたが知りあいのなかでもっとも退屈な女性だといって反対した。そして、他人に親切にするのと頭の弱い人物の世話をするのとでは大きなちがいがある、とつづけた。それに対してブレムリー准男爵夫人は、あなたを招くことにしたのはまさにその知力の欠如ゆえだ、とこたえた。なぜなら、この屋敷のおんぼろ車を買うくらい愚かな人物といったら、あなた以外には思いつかないからだ、と。ほら、かれらが〝シシュフォスの羨望のまと〟と称している車だよ。なにせ、彼の岩とちがって、あの車は押しさえすればすこぶる順調に坂をのぼっていってくれるのだから」

そういうわけで、本書はじつにさまざまなところから影響を受けている。その構成については、記憶をもとに、メアリ・シェリーの『フランケンシュタイン』をはじめとする偉大なるゴシック小説を参考にさせてもらった。また、それ以外にも、意識して十九世紀の名著への間接的な言及がちりばめてある。だが、書きあげたあとで自分の心にあったものがはじめてはっきりするというのは、じつに興味深い体験だ。いまになって気づいたのだが、本書の重要な場面の発想のもととなったもののひとつは、わたしが数年前にヘイワード美術館で見た展示品だった。そのときわたしは、「いつの日かこれを本のなかで使ってやろう」とはまったく考えていなかった。それに、問題の場面を書いたときも、記憶にあったのは、その作品がわたしの心に残していったひんやりとした不安感だけだった。あらためて調べてみた結果、それはマイク・ネルソンというインスタレーション・アーティストによる『H・P・ラヴクラフトを偲《しの》んで（To Memory of H.P. Lovecraft）』という作品であったことがわかった。真っ白に塗られた殺風景な空間（部屋をふたつ使っていた）。そして、その壁の下半分に残された、背筋が寒くなるような無数の荒々しい切り傷や鉤爪《かぎづめ》の痕。

わたしとしては、あらゆる影響のなかでもっとも貢献が大きかったのは、なんのかんのいって《ドラ猫大将》だったと考えたい。わたしの創作したロジャーは、聡明で有能だ。彼の物語の根底には、動物学における考察やインスタレーション・アート、それにふたりのジェイムズ（M・Rとヘンリー）がいる。だが、人の頭のなかになにが蓄えられているのかは、ほんとうにわからないものだ。ようやく『適応力のある猫』との再会をはたしたとき、わたしはさっそく本をひらいて読み返してみた。すると、たしかにそれは、ふたつの大戦のはざまの時期に日当たりのいい庭でくり広げられた楽しい日々を記録した本だった。そこに登場する猫はロジャーとおなじ縞柄と白で、人形のような恰好をしたり枝編み細工のかごのなかにすわったりしていた。だが、それだけではなかった。彼はウサギといっしょにポーズをとっていたのだ！（ジョン・シーウォードの映画に出てくるウサギの場面を書いたとき、わたしはそのことをすっかり忘れていた）さらに、この猫には友だちがいたことが判明した。犬？　子猫？　いや、それは巨大な黒猫で、写真のなかではまさにクマのように見えた。この巨大な黒猫は後肢で立ちあがり、前肢を庭のスツールの上にある金魚鉢のふちにかけていた。縞柄と白のもう一匹の猫も、金魚鉢をながめていた。わたしは、そのずっと昔に亡くなっている二匹の猫を――一九三四年に謎の〝A.M.B.T.〟という人物の愛すべき被写体となった二匹の猫を――しげしげとながめた。何度もくり返し。なぜなら、そこにいたのは紛《まぎ》れもなく、ロジャーとキャプテンだったからである！わたしの手もとにはずっと実際のロジャーとキャプテンの写真があったにもかかわらず、自分ではまったく気づいていなかったのだ。

リン・トラス
二〇一四年七月

訳者あとがき

愛猫家として知られる偉人のひとりに、アイザック・ニュートン卿がいます。そう、あの万有引力の法則を発見したイギリスの物理学者です。飼い猫のために猫用の出入り口を発明したという逸話まで残っていますが、どうやらこれはガセネタらしく（ドアにペット用の小さな穴をあけるのは、もっと昔からおこなわれていたといわれています）、せいぜいが自宅にそれを設置したという程度のことのようです。飼い猫の名前が〝スピットヘッド（ふーっとうなるやつ）〟であったことを考えると、かなり気の強い猫と推察され、ニュートン先生としても猫をドアのまえで待たせて機嫌を損ねるわけにはいかなかったのかもしれません。

そんなニュートン卿の名前が意外な形で登場してくるのが、本書『図書館司書と不死の猫』です。

ケンブリッジの図書館を定年退職したアレックのもとへ、ある日、一通の奇妙なメールが届きます。メールには、人里はなれた海辺のコテージから突然いなくなった若い女性をさがす男の手記と、その女性に飼われていた猫——人間の言葉をしゃべる（!）という猫——にかんする情報が添付されていました。退屈していたアレックは、面白半分でその中身をくわしく調べていきます。やがて彼自身がその件に巻きこまれ、恐怖の体験をすることになるとも知らずに……。

著者のリン・トラスはイギリス生まれの作家、コラムニスト、ジャーナリストで、これまでにいくつもの小説やノンフィクションを発表しています。なかでも有名なのは、英米両国でそれぞれ百万部を超す大ベストセラーとなった『パンクなパンダのパンクチュエーション』（今井邦彦訳／大修館書店）です。これは巷にあふれる句読記号（パンクチュエーション）の誤用について考察をくわえた文法書で、コンマやピリオド、コロンやセミコロン、疑問符や感嘆符などの正しい使い方が、さまざまな文献を引用しながらユーモアたっぷりに解説されています。その博識ぶりとユーモアは小説のほうでも遺憾《いかん》なく発揮されていて、本書はいかにもホラーっぽい体裁をとりつつ、随所でにやりとさせられる作品に仕上がっています。

ここで、本書にかんする〝蛇足かもしれないけれど、ちょっと面白いかもしれない〟情報を、いくつかご紹介しておきます。

・ウィギーの苗字ケイトン＝パインズ（Caton-Pines）は、ハイフンをさらにつけたすと

〝キャット－オン－パインズ（Cat-on-Pines）〟となります。〝パイン（pine）〟には〝松〟という意味がありますから、これは『不思議の国のアリス』に登場する木の上のチェシャ猫を連想させる苗字といえるかもしれません。また、〝ウィギー（wiggy）〟という単語には、〝かつらをかぶった〟とか〝頭がおかしい、突拍子もない〟といった意味があります。「きみは禿《は》げているのかもしれない」というアレックの心配は杞憂に終わりましたが、もうひとつの意味が当人にあてはまるかどうかは、どうか各自でご判断ください。

・〝キャプテン〟といえば、文学の世界ではホイットマンの詩「ああ、船長！ わが船長！」が有名です。この詩に登場する〝船長《キャプテン》〟は暗殺されたリンカーン大統領を指しますが、彼もまた愛猫家として知られていました。

・英語には、驚きやいらだちをあらわすときに使う「おや、まあ（Oh, dear）」という慣用句があります。「まったく、クマちゃんったら（Oh, Bear）」がそのもじりであるという推理は、アレックが奥さんのメアリーからしょっちゅうあきれられていたことを考えると、かなりの確率で当たっているとみていいのではないでしょうか（とはいえ、アレックがくまのプーさんに似ている可能性も捨てきれませんし、そうなるとアレックとウィンタートン博士は、〝プーさん〟と〝パディントン〟の夢のクマさんコンビということになります）。

・猫たちがコルフ島で出会ったダレル兄弟の弟ジェラルドは、一九三五年から五年間、十歳から十五歳までをすごしたコルフ島での生活を、三冊の本にまとめています（いずれも池澤夏樹訳で、『虫とけものと家族たち』中公文庫、『鳥とけものと親類たち』集英社文庫、『風とけものと友人たち』集英社)。これらを読んで、ロジャーとキャプテンの地中海でのしあわせな日々に思いを馳《は》せるのも、一興かもしれません。

・イギリスのホラー作家M・R・ジェイムズとアメリカの作家ヘンリー・ジェイムズは、苗字はおなじでも兄弟ではありません。けれども、〈スプーキー・アイルズ(気味悪い諸島)〉というウェブサイト(www.spookyisles.com)で見つけた「M・R・ジェイムズについて、あなたの知らなかった十三のこと(13 THINGS YOU DIDN'T KNOW ABOUT M.R.JAMES)」という記事によると、M・R・ジェイムズのアメリカの出版者は、はじめ彼のことをヘンリー・ジェイムズの兄弟だと勘違いしていたそうです。まあ、『ねじの回転』を読めば、わからなくもない気がしますが……。

本書には、*THE LUNAR CATS*(月の猫たち)という続篇があります。ハーヴィル邸での出来事から三年。アレックはフリーランスで、作家のための資料集めの仕事をしています。そんな彼のもとへ、ある日メールでこんな依頼が舞いこみます——サミュエル・ジョンソン博士(イギリスの文学者で、『英語辞典』の編纂者)の愛猫ホッジとクック船長の最初のタヒチ遠征とを結びつける証拠があるかどうか、調べてみてもらえないだろうか。おなじころ、自宅の外で鳴いていた子猫を保護したアレックは、これが〝邪悪なしゃべる猫〟の一匹ではないかと不安になり、ウィギーに相談します。はたしてアレックとウィギー（＋犬のワトソン）は、この続篇で猫たちを相手にどんな冒険（どたばた？）をくりひろげることになるのか、気になるところです。

最後に、〝蛇足／面白〟情報をもうひとつ。著者のリン・トラスは二十年以上にわたって猫を飼いつづけていましたが、本書を書きあげたあとで犬派に転向し、現在は愛犬ホギーとともに平穏な日々を送っているということです。

二〇一九年三月

解　説

金原瑞人

翻訳物を読むとき、原文が英語か仏語だったら、まず原題を確かめる。長年、翻訳をしてきてますます確信するようになったのは「翻訳家は裏切り者」という言葉だ。とくにタイトルに関しては、その確信度が強い。なにしろ、『緑の切妻屋根《きりづま》のアン』が『赤毛のアン』に、『小さな王子さま』が『星の王子さま』に、『マネシツグミを殺す』が『アラバマ物語』になってしまうのだ。明治四十三年に『愛ちゃんの夢物語』（丸山英観訳、内外出版協会）という題名の児童書が出版されたが、原題は*Alice's Adventures in Wonderland*。これは他言語に訳すときに限ったことではない。たとえば、イギリスで出版された作品がアメリカやオーストラリアで出版されるときに、タイトルが変わることがある（逆もある）。そのせいで何度か痛い目にあっている。「ほう、新作が出たのか」と思って取り寄せてみたら、「なんだ、これ、読んでるじゃん」ということがあるのだ。日本でも単行本を文庫化するときにタイトルが変わることがたまにある。タイトルって、そんなに勝手にいじっていいものなのか、たまに不安になるのだが、どうやらこれは世界中で認められているらしい。ただ、センスを感じさせる日本語タイトルもよくあるので、そこがまた楽しい。ここで例に挙げたものはそれぞれに名訳だと思う。

というわけで、原題をついみてしまうという癖がついた。

そこで、本書の原題をみたら、*Cat Out of Hell*。そのまま訳せば『地獄から出てきた猫（地獄の猫）』。実際の日本語タイトルは『図書館司書と不死の猫』。これはいいなと思った。原題は迫力はあるけど、ちょっと乱暴でおざなりな感じがするが、こちらはずっとクールで、広がりがあるし、何より作品のポイントを押えている。それに、最後まで読めば、原題はある種のミスディレクションになっているのがわかるのだが、これはちょっと反則っぽい。訳者（もしかして編集者？）のセンスは信頼していい。

そしてページをめくると、「まっとうなホラーを愛するジェマへ／謝罪の念をこめて」とある。さて。この小説がまっとうなホラーになってなくて、ごめんね、という意味なのか、それとも、以前、まっとうなホラーが書けなくて、申し訳なく思っていたので、謝罪の気持ちをこめて、これを書いた、という意味なのか。この点も最後まで読めばわかるのだが、前者なのだ……と思う。

そう、まっとうなホラーではないのだ。というか、一筋縄《ひとすじなわ》ではいかないホラーといってもいい。

読みだして、まず、びっくりするのは、博覧強記《はくらんきようき》にして不死の猫、ロジャーが一九二七年にロンドンのイースト・エンドで生まれて一歳になった頃、同じような先輩格の超猫、キャプテンと出会うところだ。

彼はものすごい勢いで飛びかかってきて、わたしの喉を切り裂いた。血が盛大に噴きだし、土砂降りの雨のように地面に滴《したた》り落ちた。わたしはよろめき、力なく倒れた。なすすべもなく地面に横たわったまま、心臓から小さな若い命が送りだされていくのを感じていた。(中略)それから、母の独特な匂いにつつまれ、耐えがたいまでの安心感をおぼえながら、わたしは死を迎えた。

このロジャー、次は「脱水と窒息《ちっそく》とネズミによってひき起こされた狂気」によって息絶え、その後、また何度も殺される。

この展開が、作品全体の展開を、ある意味、予想させる。つまり、ストーリーはある程度、読者の予想と期待にこたえながらも、その予想と期待を軽く裏切って、新しい展開へ読者を連れ去るのだ。それは、本書を読み終えた方は、よくわかっていると思う。

まだ読み終えていない方のために簡単に紹介しておくと、この作品は、不死で超能力を持つ猫、ロジャーの半生と、ロジャーに何らかの形で関わることになる人々の織《お》りなす物語で、関係者が不審な死を遂げていることが次々に明らかになっていく。主要な猫はいうまでもなくロジャーで、主要人物は、ロジャーの語る話を書きとめる俳優ウィギーと、ウィギーの書いたメモや考察や脚本、画像ファイルや音声ファイルを送りつけられて、それを読んだり観たりすることになる元図書館司書アレック。ある意味、この作品は三者の視点で構成されているのだが、この三者の関わり方が微妙だ。つまり、ウィギーとアレックにからむ人物の死にロジャーとキャプテンが関係しているのか、関係していないのか、関係しているとしたらどう関係しているのかが少しずつ明らかになっていくなか、その筋道がわかったつもりになっていると、あちこちで軽くはぐらかされてしまう。繰り返しになるが、「ストーリーはある程度、読者の予想と期待にこたえながらも、その予想と期待を軽く裏切って、新しい展開へ読者を連れ去るのだ」。

そして後半、一冊のオカルト本が機械仕掛けの神のような働きをして全体の流れがみえてくるのだが、最後は、え、この人って、こんな人だった？　この猫って……？　というところに落ち着く。

こんな具合に、あっちへいって、こっちにもどってくるかと思ったら、別の方向にいって、途中で道草を食って、さらにまた……という、一種、爽快なまだるっこさが本書の特徴といっていい。その印象をさらに強くするのが、あちこちに差しはさまれる、文学と映画への言及だろう。

ロジャーが語る、キャプテンに連れられてのヨーロッパ大陸巡遊旅行《グランド・ツアー》のくだりには、ジヨゼフ・コンラッド、ロバート・ルイス・スティーヴンソン、アルフレッド・テニソンなどの名前が出たあげく、ロレンス・ダレルとジェラルド・ダレルが暮らしていたコルフ島の話まで出てくる。また、ギリシャからイギリスに向かう船に乗るときには、ミルトンの『闘士サムソン』の一節が引用される。

さらに、映画に関しては、最初、ロジャーは自分の映画を撮るなら、声はダニエル・クレイグにやってもらいたいというと、ウィギーは「あんたの声はまったくダニエル・クレイグに似ていない。ヴィンセント・プライスにそっくりだ！」という。

アレックも映画通ではないが、英語圏の映画はよく観ているようで『英国王のスピーチ』を引き合いに出したかと思うと、「要するに、《ロード・オブ・ザ・リング》のクリストファー・リーと《ハリー・ポッター》シリーズの吸魂鬼《ディメンター》をかけあわせたような男だ」といった形容もする。さらに、アレックは元司書だけあって、いかにも本好きらしいペダンティックな言葉を口にする。たとえば、

五十三歳の才気あふれる非常勤の女性司書が庭の小道のわきの雑草を抜いていたかと思うと、つぎの瞬間には、ただの土くれになっている。胸で鼓動していた心臓が、つぎの瞬間には、生命を失ってぐったりと動かない血と肉の塊《かたまり》になっている。「わたしは〇〇です」といえていたのが、つぎの瞬間には、一人称も現在形も使えなくなっ

ている。主語としてどのような動詞にもかかわる権利を失っている。

それから、アレックが発見した物語の鍵を握るオカルト本の分類カードには、番号も記号もなく、赤いインクで「地獄《インフェルノ》」（おそらく原題はここからきているのだろう）と押されているだけだというくだりのあと、アレックの愛犬ワトソンが撃たれたふりをする芸をしてみせるところなど、思わず笑ってしまう。

こういったところだけでも、著者のリン・トラスはこよなくイギリス的ユーモアと本を愛していることがよくわかる。そのうえ、「著者からの注釈」は彼女がただの本好きではなく、マニアックなまでの読書家だということを教えてくれる。とくにオペラに着想を得た短編を依頼されたときに、『《ねじの回転》に笑えるひねりをくわえられるようなアイデアを思いついたら書く」と答えたというエピソードのあと、ヘンリー・ジェイムズの中編「ねじの回転」とベンジャミン・ブリテンのオペラ『ねじの回転』の肝《きも》を解説し、さらに猫と創作の関係に話をつなげるところなどは、思わず拍手してしまう。

閑話休題。

本書はロジャーとウィギーとアレックが織り上げる、ちょっとコミカルでペダンティックな物語なのだが、事件そのものは暴力的で凄惨《せいさん》で、ふたりに迫る危険もじつにリアルに描かれる。そのバランスが絶妙だ。それを楽しめるかどうかが、読者の評価にそのまま反映されるのだろう。

「まっとうなホラーを愛するジェマへ／謝罪の念をこめて」という献辞の「ジェマ」は「読者」に変えてもいいのかもしれない。

蛇足ながら、本書を読み終えたあとすぐ、同じ著者による文法書『パンクなパンダのパンクチュエーション――無敵の英語句読法ガイド』（今井邦彦訳、大修館書店）を買ってしまった。

本書は二〇一九年に小社から刊行された作品の文庫化です。

検 印
廃 止

訳者紹介 1962年東京都生まれ。慶應大学経済学部卒。英米文学翻訳家。主な訳書にクリーヴス「大鴉の啼く冬」「白夜に惑う夏」、ケリー「水時計」、サンソム「蔵書まるごと消失事件」、マン「フランクを始末するには」などがある。

図書館司書と不死の猫

2023年1月27日 初版

著 者 リン・トラス

訳 者 玉《たま》 木《き》 亨《とおる》

発行所 (株) 東京創元社
代表者 渋谷健太郎

162-0814/東京都新宿区新小川町1-5
電 話 03・3268・8231-営業部
03・3268・8204-編集部
URL http://www.tsogen.co.jp
DTP キ ャ ッ プ ス
暁 印 刷 ・ 本 間 製 本

乱丁・落丁本は、ご面倒ですが小社までご送付ください。送料小社負担にてお取替えいたします。

ISBN978-4-488-58607-2 C0197

巨匠が最も愛した怪奇作家

THE TERROR and Other Stories◆Arthur Machen

恐怖
アーサー・マッケン傑作選

アーサー・マッケン
平井呈一 訳　創元推理文庫

◆

アーサー・マッケンは1863年、
ウエールズのカーレオン・オン・アスクに生まれた。
ローマに由来する伝説と、
ケルトの民間信仰が受け継がれた地で、
神学や隠秘学《オカルト》に関する文献を読んで育ったことが、
唯一無二の作風に色濃く反映されている。
古代から甦る恐怖と法悦を描いて物議を醸した、
出世作にして代表作「パンの大神」ほか全７編を
平井呈一入魂の名訳にて贈る。

収録作品＝パンの大神，内奥の光，輝く金字塔，赤い手，
白魔，生活の欠片，恐怖

英国ゴーストストーリー短編集

THE LIBRARIAN & OTHER STRANGE STORIES
◆Michael Dodsworth Cook

図書室の怪

四編の奇怪な物語

マイケル・ドズワース・クック
山田順子 訳　創元推理文庫

◆

中世史学者のジャックは大学時代の友人から、久々に連絡を受けた。

屋敷の図書室の蔵書目録の改訂を任せたいというのだ。

稀覯本に目がないジャックは喜んで引き受けるが、屋敷に到着したジャックを迎えたのは、やつれはてた友人だった。

そこで見せられた友人の亡き妻の手記には、騎士の幽霊を見た体験が書かれていた……。

表題作を始め４編を収録。

怪奇小説やポオを研究しつくした著者が贈る、クラシックな香り高い英国怪奇幻想譚。


収録作品＝図書室の怪，六月二十四日，グリーンマン，ゴルゴタの丘